超實用對白寫作攻略

你的角色不能廢話連篇！

好萊塢頂尖編劇顧問的 12 堂大師寫作課

琳達‧席格 Linda Seger、約翰‧瑞尼 John Rainey

好評推薦

琳達‧席格的寫作與教學技巧，在她與約翰‧瑞尼合寫的這本最新著
作中，完美呈現。無論是新手或老手，也無論程度如何、寫什麼領域，
這本書都能提供強大的資源。扣人心弦的對白應該具備哪些條件？兩
位作者對此提供了精闢無比的見解。

　　—— 暢銷小說家Susan Wiggs

我看過某些電影，故事細節平淡，又沒什麼記憶點，但當中的精彩對
白卻會在我心中迴盪多年。究竟是什麼魔力，讓對白能如此令人印象
深刻呢？席格和瑞尼巧妙地分析了各項必備條件，也提供了許多寶貴
的技巧，讓讀者瞭解該如何寫出如真人在說話般流暢的對白，也得以
掌握這門難以通透的藝術。

　　—— 奧斯卡暨美國編劇工會提名編劇 Robin Swicord

寫作有哪些層面不受對白影響嗎？按照這本超讚新書的說法，顯然是
沒有。《超實用對白寫作攻略》分析角色說話的方式、原因與時機，並
說明對白是如何揭示人物特性、情節和背景故事，以及沒有明說的言
外之意。內容之豐富和全面，讓我看得無話可說。

　　—— 艾美獎情境喜劇及美國編劇工會獎獲獎作家 Treva Silverman

終於有一本關於對白的著作，能全方位地提供舉例、改寫、說明與靈

感了！琳達・席格和約翰・瑞尼不僅教編劇和小說家該如何寫出好對白，也告訴我們，為什麼這是把故事說好的基礎。有抱負的創作者啊，這本書能幫助各位成功，至於已經有所成就的，也不妨一讀以保持筆鋒銳利。實在是太棒的一本作品了……讚！

——《今日美國》暢銷作家 Rebecca Forster

對白寫得好，誰都聽得出來，但如果想實際寫出優質對白，可就需要這本書囉！

——《*The TV Writer's Workbook*》作者

暨《*Everybody Loves Raymond*》共同製作人 Ellen Sandler

創作者得豎起耳朵仔細聽，才能找到角色的聲音。《超實用對白寫作攻略》中的實例都是寶貴的學習資產，各位聽見了嗎？

——《*Creativity and Copyright*》合著作者 John L. Geiger

這本精彩讀物是所有電影製作人員的好朋友，絕對不容錯過……

——《*Walkabout Undone*》作者 Dave Watson

歡迎深入探索對白這門藝術真正的內涵。這本書絕對會帶來啟發，教會你如何創作別出心裁的台詞，並精心琢磨對白，讓你說故事的技巧大為升級。

——德州亨茨維爾作家暨教師 Tom Farr

這本清楚又實用的作品就像雷射光一般，聚焦探討劇本的重要面向：

如何寫出優質對白。優秀的學生若想精進寫作技巧，肯定會一而再、再而三地回頭參考這本工具書。

　　—— 查普曼大學助理教授 Roy Finch

這本優秀好書實在來得太晚了！我從中學到的技巧，已替我的劇本加分不少，相信各位也會獲益良多。

　　—— 製片兼 International Troublemakers, Inc. 合夥人 Brendan Davis

無論是寫劇本、小說或短篇故事，讀完本書後，一定都能寫得趣味倍增。《超實用對白寫作攻略》內含豐富的祕訣、教學，以及關於對白的常識，勢必能幫助各位增強寫作實力。

　　——《Get Real: Indie Filmmakers》Podcast 共同主持人
　　　暨《Hitch20》系列影片協作者 Forris Day Jr.

太讚了，最後一章〈地雷勿近〉列出殺傷力最強的錯誤對白寫作手法……以及如何避免，可說是特別實用。

　　—— 編劇暨《Movie Quotes to Live By》作者 Murray Suid

這本書是電影編劇的聖經……但無論是何種領域的創作者，讀完後都會獲益匪淺。

　　——《Queen of the Road》作者 Doreen Orion

這本書處處充滿趣味、結構清晰且內含豐富知識，不僅見解獨到，也妙趣橫生，讓人笑聲連連，絕對不能錯過。

　　——《Great Adaptations》作者 Alexis Krasilovsky

獻給

Katie Davis Gardner
琳達最棒的助理

致謝

　　非常感謝我們的讀者 Chuck Benson、Page Clements、Devorah Cutler-Rubenstein、Debra Engle、Janice Day、Glen Gatenby、Jean Maye、Anna-Maria Petricelli、Matthew Purifoy、Lindsay Smith、Pamela Jaye Smith、Claire Elizabeth Terry 和 Kathie Yoneda。

　　另外還有每當我們需要，都會迅速寄來劇本的 Script City 老闆 Dan Laudo、研究員 Sue Terry 和 Matthew Purifoy、琳達親愛的助理 Katie Gardner（總坐在琳達身旁，和她一同笑鬧、糾正她的句子；在她和約翰方向正確時予以肯定，並在他們錯得離譜時提醒）、在 Katie 放假時代替她的 Riley Quinonez、幫忙宣傳這本書的 Cindy Ahlgrim，以及琳達的先生 Peter Le Var——感謝你大力支持，還買了香檳！

　　最後，也感謝書中所有匿名作者允許我們改寫作品，以達到說明各章主題的目的。

推薦序

　　當約翰和琳達問我能不能替這本書寫推薦序時，坦白說，我猶豫了一下，不太確定該不該答應，不是因為對書中的主題無話可說，而是因為他們把這事全權交給我，反而讓我有點猶豫。

　　撇除我太太不算的話，約翰是我生平第一個讀我作品的人。有很多年的時間，我寫完劇本後都會印出來寄給他，等他給予許多寶貴的建議後，再重寫一次……然後反覆修改，直到我滿意為止。約翰就是有種獨特的超能力，總能看到一些若不及時改正，往往很容易造成大問題的小錯誤。

　　至於琳達，則寫過編劇界的幾本聖經，我經常參考她的著作，從建立故事結構，到打造有趣的角色都不例外。我著手寫第一部作品前，就把琳達的《劇本升級密技》（*Making a Good Script Great*）和《角色人物的解剖》（*Creating Unforgettable Characters*）都讀得滾瓜爛熟了。她傳授的知識不僅讓我深入瞭解劇本寫作，也帶給我許多信心。

　　過去二十年來，我一直把兩人的教誨放在心上，在我把他們的祕訣私藏多年後，現在，各位讀者也有幸一探兩位大師的箇中要領，尤其是與「對話」相關的課題。

　　好的電影對白就像空氣，除非很爛，否則通常不太會惹人注意。當然啦，像昆汀・塔倫提諾（Quentin Tarantino）和艾倫・索金（Aaron Sorkin）這種喜歡把台詞轉化為藝術形式的特例也有，不過一般而言，對白寫作有個中心要點：要寫得像真實生活中會說的話。這雖然不是

唯一要素，但無論是各種語言交雜的西部片，或是描繪垂死男子與年幼孤兒的末日後劇情片，還是幫派科幻片，我們都得依據角色所處的故事與世界，讓他們以自然的方式對話。

我最早期在寫劇本時，喜歡把每個角色的台詞都寫得很豐富，寫完後總會露出自豪的微笑，等不及讓大家趕快看看我的好文采。但是，當我把成品印出來寄給約翰後，他通常都會這麼回覆：「別太自以為風趣了，一般人是不會這樣講話的。」

就這樣，他為我上了第一課，讓我瞭解到對白的重要性。寫台詞不能只是筆鋒高妙就好，還要確保對白能以最有趣的方式，傳遞人物特質並推動情節展演，有時必須說得天花亂墜，有時卻只要應一聲就足夠，一切視故事與角色而定。瘋狂麥斯（*Mad Max*）沉默寡言，死侍（*Deadpool*）則滔滔不絕，但兩人都是超級英雄；食人魔醫生漢尼拔 · 萊克特（Hannibal Lecter）的經典台詞世代傳誦，反觀安東 · 奇哥（Anton Chigurh）在《險路勿近》（*No Country for Old Men*）中的對白則大概沒有誰會記得，但兩人也同樣都是表現精彩的極致反派。

對白的作用在於支撐故事與角色，而不是限制這兩者的發展。每個角色如果都風趣詼諧、妙語如珠，勢必會難以區別；但大家說話若都直白簡潔，那就容易顯得無聊了。假設 A 問：「天空是什麼顏色？」千萬別讓 B 回答「藍色」，畢竟觀眾從畫面中就看得出來了。這時，比較理想的回應可能是「不要這麼討人厭好不好，你明明知道是什麼顏色」、「和你離開前一樣」或「和家鄉的天空不同」—— 只要能定義角色的個性與關係，而且有助於訴說你想呈現的故事，那就是個好選擇。

此外，對白也能讓觀眾一窺角色的靈魂，不僅有助於瞭解性格與特質，也可以引導我們在故事開展時，切身體會角色的情緒。台詞可

以讓觀眾害怕、大笑或流淚，要採取哪種風格取決於創作者，但無論如何，把話寫得真實、可信是首要原則。

　　我第一次瞭解到上述這些要領，就是因為有幸獲得琳達和約翰的指教。我寫每一部劇本時，都謹記著這兩位大師的教導，所以由他們搭檔合寫這本關於對白的教戰守則，可說是再適合不過了！

　　　　推薦人馬克・史密斯（Mark L. Smith），編劇作品包括：
《神鬼獵人》（The Revenant），榮獲奧斯卡金像獎十二項提名並贏得三項大獎
《大君主行動》（The Overlord），由 J.J. 亞伯拉罕（J.J. Abrams）監製
《永夜漂流》（The Midnight Sky），由喬治・克隆尼（George Clooney）自導自演

前言

琳達：

　　我一直想寫關於對白的書，但也知道自己一個人辦不到，畢竟我不是編劇，而是劇本顧問。所以，我把這念頭在心裡放了十多年，等待恰當的合作夥伴奇蹟似地出現。

　　我久聞約翰的大名多年，但直到二〇一四年才真正認識他。當時我們分別擔任某部劇本的編劇和顧問，因此，他和製作人到科羅拉多州和我一起工作了八天。約翰本身也是知識淵博、廣受敬重的劇本顧問，所以我很好奇他對我會有什麼看法，結果我們倆處得很好，不僅擁有共同語言，也都長年投身劇本創作，很能激發創意的火花。我和約翰都是戲劇碩士，在這方面也都有演出、教學與導演等各種專業經驗，最後還發現雙方都愛彈鋼琴，所以我們的語調和風格都很有節奏感，休息時還能來個四手聯彈，而這當中的趣味對於寫作和音樂而言，都是成就好作品的要素。總之，和約翰以顧問與編劇的身分合作過幾次後，我終於開口問他願不願意合寫這本書，而他也非常爽快地答應了。

約翰：

　　我平時並不寫書，所以琳達問我要不要跟她合寫這本對白寫作攻略時，我實在是既開心又受寵若驚。畢竟她寫過那麼多有名的劇作指導書，本身也是名望很高的劇本顧問，甚至幾乎是一手發明出並促成

了劇本顧問市場的蓬勃發展，讓許多人得以發展自己的小型事業。合寫這本書的過程相當愉快，我和琳達也因而成了十分要好的朋友兼同事，除了都愛彈鋼琴外，我們還有許多共通點呢！總之，能和寫作、教學都成績斐然的劇作大師琳達・席格博士並列為共同作者，我至今仍備感榮幸。

琳達與約翰：

　　對白無論出現在何處，都是角色間的對話。在本書中，各位會讀到許多例子，有些是從經典電影與小說中摘錄，有些則取自劇作和電視節目。我們在說明所有要點時，都希望能舉最貼切的對白為例，所以有些引文歷史非常悠久（沒錯，連莎士比亞的作品都有），有些則相對較新，像是艾米・謝爾曼・帕拉迪諾（Amy Sherman-Palladino）的《漫材梅索太太》（*The Marvelous Mrs. Maisel*）、香達・萊姆絲（Shonda Rhimes）的《實習醫生》（*Grey's Anatomy*），以及喬治R. R. 馬丁（George R. R. Martin）的《權力遊戲》（*Game of Thrones*）；如果沒有註明出處，那就是約翰寫的。

　　在本書中，我們會說明所有必備技巧，教各位寫出好對白，無論你是寫電影劇本、劇場作品、小說，或是需要透過對白闡述觀點的非虛構作品，都可以參考。事實上，就連詩人也需要用到對白，譬如羅勃特・白朗寧（Robert Browning）的戲劇獨白詩〈我的前妻公爵夫人〉（My Last Duchess）以及埃德加・愛倫坡（Edgar Allan Poe）的〈烏鴉〉（The Raven，在這首詩中，烏鴉不斷吟詠著「永不復焉」這句台詞），都印證了這點。

　　每次寫作時，書中應該都有幾項技巧能派上用場，不過即使各位

將這些祕訣視為守則，經年累月地放在心上，寫作風格仍會受到他人影響，所以我們寫這本書的目的，其實是希望能拋磚引玉，啟發各位開始寫出有助於傳遞角色特質，並能生動描繪故事的對白。

　　各章節最後都有長度一到兩頁，且內含對白的實作練習「CASE STUDY」。這些例子多半取自客戶的劇本，但由於我們為了印證論點而冒昧地擅自評論指教，所以這些客戶選擇匿名，但他們如此慷慨地同意刊登，仍讓我們感激不盡。在每次的分析中，琳達都會以顧問的角度給予建議，再由約翰改寫，讓讀者瞭解如何應用該章所述的原則，提升寫作品質。

　　這本書如果只是粗略地讀過，或許有助於提升劇本寫作能力，但還無法讓你成為頂尖好手；相反地，如果能細讀當中的概念，就會發現增進對白寫作技巧實在是趟趣味橫生、永無止盡的旅程。所以現在，就讓我們帶領大家進入奇幻境界，看看優質對白是多麼地美妙吧！祝各位收穫滿滿！

Lesson 1

定義優質對白

　　對白是表達及溝通的途徑，通常是兩個以上角色間的口語對談。對白的英文單字「dialoguc」源於希臘文，「di」的意思是「二」，「log」則帶有「說話」或「兩人在說話」之意。在古希臘，「dialogue」是哲學辯論的工具，但這個詞的定義終究演變成了一般談話，尤其指電影、電視劇、劇場作品和小說等虛擬創作中的對話。

　　對白的內容可真可假，可能是漫天大謊、隱含祕辛，也可能會揭發祕密，又或者純粹用於提供資訊；但資訊也可以透過各種方式傳遞，說話者可能兇狠、無辜或暗帶操弄意圖，一切都視角色的意圖而定。不言自明的事，好的對白裡不會有；另一方面，角色有求於人的時刻則經常會帶出精彩對白——當中的用字遣詞、話語背後隱含的態度，以及把話說出口的決定，都能揭露角色特性。

　　一般而言，對白指的是兩個人類間的口頭談話，但也不是沒有例外，譬如電影《異星入境》（*Arrival*）就安排了人類與不會講當地語言的外星人對談；此外，也可以是人類對上會吠、會咆哮、會哭嚎、會呼嘯、會抽噎、會怒喊、會吼、會尖叫的狗，或是發生於兩隻動物之

間，就像在電影《我不笨，我有話要說》（*Babe*）裡的那樣。

對白的範疇也涵蓋互動式的人聲，如戀人間那種帶著交談意味的「喔」或「哎呀」，或史前人類之間的咕噥和呻吟。有些角色會創造屬於自己的原始語言，像是在《人類創世》（*Quest for Fire*）中，瑞伊‧道恩‧衝（Rae Dawn Chong）面對尼安德塔人時，就靠著嘟嚷聲占了上風，並教會對方生火技巧。上述作品雖然缺乏一般定義中的對白，但仍透過聲音實現了溝通的目的，讓觀眾看見角色間的關係。

不過對白也可用於自我表達，這種形式的台詞稱為「獨角戲」或「獨白」（monologue），指的是對自己或他人長篇大論。角色的獨白有時是自我責備、數落，好像心裡有兩個對罵的聲音似的，在魔戒（*The Lord of the Rings*）系列中，安迪‧席克斯（Andy Serkis）飾演的咕嚕一角就是如此。有些角色會對鏡沾沾自喜，有些則因為當眾出醜，而在四下無人時氣惱地責怪自己，譬如《化外國度》（*Deadwood*）中的艾爾‧斯維爾根（Al Swearengen）就不斷朝著放在架上的木箱，對箱內慘遭斷頭且已腐爛的科曼奇族酋長說話，而《浩劫重生》（*Cast Away*）中的湯姆‧漢克斯（Tom Hanks）則是對排球傾訴。

角色說話的對象可能是天神、天使、仙子、樹木、牛羚、毫無反應的鹿與烏鴉，或是正準備展開自衛攻擊的袋鼠，所以即使精靈和動物可能根本不在乎角色說了什麼，編劇還是得寫出這類對白與狀聲詞。

兩個以上的角色間交換的有聲對白，稱為「外在對白」（outer dialogue）；相反地，如果角色以獨白形式說出內心的想法與感受，或與不存在的對象虛擬對談，則算是「內在對白」（inner dialogue）。對白也可以透過意識流來展露角色思維，在電影中，內在對白常以旁白的方式處理，劇場作品則採用獨白（soliloquy，monologue的一種，但

沒有說話對象,較接近自言自語),而小說是慣用斜體表示。換言之,對白的定義很廣,能替寫作帶來許多可能。

對白有什麼功能?

好的對白能驅使故事發展、揭示角色特質、建立人物形象,並傳達作品主題。

對白若寫得漂亮,即使只是在紙上讀,也會讓人覺得彷彿是故事角色實際在說話,但真正的上乘之作不能只是具備上述功能而已,還得帶有層層的細微意涵、音樂性、韻律、意象與詩性,不失娛樂效果,又要有記憶點,像《緊急追捕令》(*Dirty Harry*)中的「我求之不得!」(Make my day!)就令人一再回味;《亂世佳人》(*Gone with the Wind*)裡白瑞德那句「親愛的,坦白說,我他媽的一點都不在乎!」(Frankly my dear, I don't give a damn!)也很經典;另外,崔維斯在《計程車司機》(*Taxi Driver*)裡,對鏡說出「你是在跟我說話嗎?」(You talkin' to me?)的那幕更是一絕。

高妙的對白就像乒乓球,會在角色間一來一往。以電影劇本而言,球不能在其中一邊停留太久,必須點到為止地馬上拍回、切回或砸回另一邊;相較之下,在小說或劇作等其他形式的作品中,對話則可能寫得很長,如果有詹姆斯・喬伊斯(James Joyce)那種能耐,要用第一人稱寫個幾百頁的對白也不成問題,就像《尤利西斯》(*Ulysses*)裡那樣。

對白寫作能教嗎？

　　許多人說對白寫作這事沒辦法教，但我們並不同意，若能細心多聽他人說話，能力勢必會有所提升。對白的元素和音樂有許多重疊，如聲音、節奏、力度、主題、對位法和對位曲調等等，另外也會使用文法、標點與句法等一般語言工具。如果會走路，就能學會跳舞，同理，只要能聽也會說，哪有學不會對白創作的道理？能寫信的人要寫小說或劇本，都不是問題，畢竟寫作技巧是可以培養的，而且會越寫越好，就像任何技藝都會越磨練越成熟一樣。不斷精進終究能帶來完美，使作品超越工藝層次，成就藝術。

　　要想寫出優質對白，必須堅持不懈地尋找最適合的用詞，就算草稿要寫上十幾、二十版也不能放棄。優秀的創作者會把對白寫得像真實生活中的對話，但要在戲劇作品達到這樣的境地，可一點都不簡單。然而，台詞若經過千錘百鍊，從角色口中說出來時，就會像在讀詩般那麼優美。對白大師大衛‧馬密（David Mamet）、哈洛‧品特（Harold Pinter）、山繆‧貝克特（Samuel Beckett）和童妮‧摩里森（Toni Morrison）等人都能透過最簡潔的言語交換，傳達出角色精髓，換言之，就是以「少即是多」的策略來取代增補的手法：說得多，還不如說得巧。

　　譬如在小說《寵兒》（*Beloved*）中，摩里森很快地就切入主題：「要嘛是愛，要嘛不是；淡薄的愛根本不算愛。」（Love is or it ain't. Thin love ain't love at all.）

　　另一方面，品特則刻意讓男主角在話說完後安靜不語，給觀眾仔細咀嚼的時間。事實上，這位編劇的特色就是停頓與沉默，安排的台

詞不多，卻能以恰當的方式呈現隱含言外之意的元素，藉以傳達深切豐富的訊息。在他的劇作《背叛》（Betrayal，後改編為同名電影）中，角色傑瑞和艾瑪便放慢了對談速度，讓觀眾體會他們當下的情緒。

> 艾瑪：你知道嗎……昨晚，我發現他已經背叛我好幾年了，
> 他……他跟其他女人廝混了好多年。
> 傑瑞：什麼？天啊。（停頓）但，我們也背叛了他很多年啊。
> 艾瑪：可是他背叛了我這麼多年欸。
> 傑瑞：嗯，我完全不知道。
> 艾瑪：我也是。

當然，多話的作者也不是沒有，像派迪・查依夫斯基（Paddy Chayefsky）、大衛・米爾奇（David Milch）、艾倫・索金、田納西・威廉斯（Tennessee Williams）和蕭伯納（George Bernard Shaw）等人都是，甚至連莎士比亞都經常滔滔不絕。

以下這段十分著名的台詞，是取自查依夫斯基的電影《螢光幕後》（Network），請實際唸出來，並注意當中的重複、韻律及不斷堆積的憤怒情緒。各位可以找完整版來看，不過以下的摘錄段落應該有助瞭解兩種對白寫作策略的差異。

霍華

現在的情況很糟糕，這不需要由我來說，情
況有多糟，大家都知道，這可是經濟大蕭條。

大家不是被裁員，就是怕被炒，錢變得一文
不值，銀行破產，店家櫃台底下藏槍，路上
一堆流氓晃蕩。沒人知道該怎麼辦，情況也
不見好轉……

但是，我可不會放你們不管，我要各位全都
給我**憤怒**起來！我不要大家抗議，不要大家
暴亂，也不要大家寫信給國會議員陳情，因
為我不知道要你們寫些什麼，也不知道該拿
這大蕭條、這通貨膨脹，拿俄羅斯人和街上
的罪犯怎麼辦，**我只知道大家一定要先憤怒
起來。**（怒吼）你們一定要宣示：「他媽的，
我生而為人啊！我的生命很有價值！」

所以，你們現在給我起身行動，所有人都從
椅子上站起來。我要你們起身走到窗戶旁，
打開後把頭探出去大吼：「我他媽的實在氣
炸了，這次，我不會再忍了！」

男主角霍華‧比爾這番話說得很長，但可不是三腳貓式的無謂閒
談，功力深厚的作家就算多話，也多得有理、有方向，而且會謹慎規
劃，確保讀者或觀眾能掌握重點，不致迷失於角色的長篇大論之中。

對白寫作技巧該怎麼學？

多聽旁人對話，尤其是當雙方有衝突時的那種，把內容記下來，
然後看能不能重寫，以加強力道。記得注意他們說話時是否帶有韻律、
怎樣打斷對方、如何改變策略以實現目標，又是怎樣隱藏真正的企圖，
以引導對話走向，或藉此誤導、說服、操弄、引誘、哄騙、魅惑、駁斥、
要求他人……進而達成暗藏心底的目的。

如果聽到很喜歡的對白，記得留存下來，未來這些素材可能會在
故事中派上用場，無論是兒童的牙牙學語、青少年在對談，或伴侶的

一句玩笑話都不例外。

　　手機要隨時準備好，才能馬上拿出來錄音，畢竟說不定你下一秒就會遇到一個用語特別、操著某種方言，或說話韻律有致的人，可以作為參考對象，幫助你塑造手上正在描繪或未來想寫的角色。

　　寫對白時，一定要大聲唸出來，才會注意到節奏的小缺陷和不流暢之處，或是不好唸的語句，無論是小說、短篇故事、電影劇本和劇場作品都一樣。而且事實上，即使只是在心裡默唸，我們也能感受到話語中的韻律，並得以想像實際讀出來的感覺，所以對白如果不夠流暢，也會導致閱讀體驗大受影響。

完美角色隨時可能出現

　　琳達某次從亞特蘭大飛往洛杉磯時，在機上遇到一個說話很有特色的女人，光是聽她講話，就讓琳達學到許多。

　　她長相神似女演員珍・芳達（Jane Fonda），是最晚登機的乘客，在走到琳達旁邊後，她一屁股坐進位子，看起來十分疲憊。

　　她叫了杯波本威士忌加冰塊（在早上七點！），並將酒杯舉向琳達，操著《亂世佳人》裡的那種南方口音，說了句「社交『嫩』滑劑」，然後就像水手出航時那樣，仰頭把酒一飲而盡。接著，她轉向琳達：

> 窩要屆諾三磯的酒吧，跟窩在亞特蘭～大任系的一個演員見
> 面，他操有名的喔……

　　她繼續以高亢的語調說話，不僅如此，內容如果套用電影分級制度的話，級別大概比飛機當時的高度還高……

……矮油，不過吼，到俗候窩們就會用各外一種嫩滑劑了啦。

她嘻嘻竊笑，不斷眨動妝感濃重的睫毛，臉上的笑容藏都藏不住。琳達如果是編劇的話，那這簡直是上天派來的完美角色，形象如此鮮明，讓人一看就想替她取個「思嘉莉」之類的名字！接著，她又點了一樣的酒，飄飄然地把她已經不怎麼私密的私生活細節全都說了出來。她講話的口吻是如此獨特，光是在飛機上聽她講個五小時（每小時一杯威士忌），就能為角色奠定鮮活的基礎了。

窩花現吼，要抓住這總有地位又有層就的男人，在外面一定要
給他表現端莊啦，啊可系……

她將豐滿的胸部挺向琳達……

……在床上吼，一定要夠浪才口以啦。

她又再次發出陣陣竊笑，然後有力地大笑了一聲。

在此我們刻意透過選字與狀聲詞來描繪她的腔調，不過實際寫劇本時，最好還是加個註解，讓聲音指導和演員知道要以南方口音為參考來自行詮釋。

身為創作者的各位，這時就可以詢問是否能錄下她獨特的說話方式，至於原因，大可以說：「我正在寫一部電影強片的劇本（或是什麼偉大的美國小說），裡頭有個角色跟妳很像，希望由芮妮・齊薇格（Renée Zellweger）來飾演（或選個會讓對方飄飄然的演員也行）。」

取得同意後，可以接著問些一般性的問題，像是「妳住哪裡」或是「妳從事什麼工作」，不過別忘了，我們要聽的是對方說話的味道，而非答案的所有細節……當然，如果這些細節比你在寫的故事還精

彩，那就另當別論了。總之，錄製完成後，你便可以將參考對象的風格融入作品，重寫角色對白。

如果對方不同意，則可以每隔一陣子就去一次洗手間，把剛在對談間聽到的節奏與風格自己唸出來，然後錄製下來，以免忘記。

隨著酒一杯杯地來，琳達也發現，無論她想要或需要什麼資訊來刻畫角色，大概都問得出來了。她問「思嘉莉」要在洛杉磯待多久，對方回答「一個晚喪」，然後又自豪地補了句「額且吼，窩系自己戶錢喔」。這句話充滿了言外之意，琳達若不是劇本顧問，而是編劇的話，一定會善加利用那個當下，盡可能地問出相關資訊，以用在角色身上。

喝到第三杯威士忌時，「思嘉莉」已經開始自爆性事，琳達覺得內容太過私密，於是決定改變話題，但如果編劇約翰也在場的話，大概會讓她繼續滔滔不絕，並以各種問題來誘使她透露更多：「然後呢？」、「天啊！太棒了吧！」、「他真的那樣？」……想必都會很有效。

演員彼得・謝勒（Peter Sellers，各位別誤會，在機場迎接思嘉莉小姐的並不是他）曾說，他一旦抓到人物的說話方式，就可以順勢掌握其他特徵。身為創作者的我們可以將這話謹記在心，畢竟謝勒可是角色塑造大師；此外，梅莉・史翠普（Meryl Streep）也是採取這種做法；喬安娜・華德（Joanne Woodward）同樣表示，只要先確立性格與定位，她就能自然而然地以角色的口吻說話。換言之，我們在寫對白時，得想像自己就是角色本人，而演員實際搬演時，也會歷經相同的歷程。

好的對白能揭示角色特質，但頂尖對白則還能傳遞關於角色的豐富資訊，譬如多層次的複雜心理狀態、家世背景、教育程度和生活經驗等等，都能融入特意規畫的台詞當中，而不必透過直接敘述來闡明。

這本書會經常用到「特意」這個詞，是因為對白最重要的特性，就是要符合人物特徵，所以本就必須特別依據角色意向打造台詞。

在《粉紅豹再度出擊》（*The Pink Panther Strikes Again*）中，布萊克‧愛德華（Blake Edwards）和法蘭克‧華德曼（Frank Waldman）所寫的台詞，就讓謝勒維妙維肖地化身成了電影裡的克魯梭探長：

克魯梭探長

有方剪嗎？

慕尼黑飯店職員

「方剪」是什麼，我聽不懂。

克魯梭探長

（查看翻譯手冊）

房間。

慕尼黑飯店職員

喔，房間啊！

克魯梭探長

我剛才不就說了好幾次嗎？就是方剪啊，你白癡啊。

（指向飯店的狗）

你的狗會咬人嗎？

慕尼黑飯店職員

不會。

克魯梭蹲下來拍拍那隻小狗，結果狗低聲怒吼，咬了他一口。

克魯梭探長
你不是說你的狗不會咬人嗎！

慕尼黑飯店職員
那又不是我的狗。

我們對角色該有多少瞭解？

毫不刻意地揭示角色特質並不容易，也因此，優秀的創作者才會把對白一再重寫，反覆修改。

關於角色的問題有很多，各位可能會想問：哪些字詞具有暗示及呼應的效果，能隱晦地傳遞台詞背後的意義？哪些字詞演員唸起來比較容易？哪些詞句能創造出符合當下情境的韻律和語調？角色又會使用哪些詞彙和口語說法？怎樣選詞才能讓人耳目一新，而不顯得老套無聊呢？

寫作就像雜要，必須多方兼顧：所有角色固然都是我們孕育的心血結晶，但另一方面，各角色也必須有所區隔，所以問題在於，該怎麼做才能在兩者間取得平衡？我們必須精準地進入每個角色，以他們的語氣說話，也得小心避免在不自覺的情況下，將全部角色都套用了自己平時習慣的言語型態，這樣的挑戰著實不簡單。

對白寫作的第一要素，就是鉅細靡遺地摸透角色個性，畢竟籠統的角色原型並不足以成為實際人物，所以我們必須研究相關資料，才能打造出獨特的複雜個體，而且對於身體、心理和社會層面的各項細節都不能放過。寫作時，請問問自己：「以整部作品來看，角色有什麼企圖？他們在每一幕中想要的是什麼？又需要多少熱情與決心才能達

成目標？」

　　若能精心策劃對白，那麼無須直白敘述，即可一層又一層地揭露角色特徵、價值觀與限制。我們可以根據角色的性格、社會地位與工作狀況（包括生存的歷史年代），特意安排相符的語法、措辭、方言，以及說話的韻律和速度，以達成這樣的目標。

　　要想瞭解演員面臨困難的對話時，會遭遇什麼樣的挑戰，最好能持續參加演技課程以親身體會。對白不只是聽覺層面的溝通途徑，所以真正的意涵經常取決於演員的表達方式。好的演員能為台詞注入新意，讓對白從紙上躍然成為鮮活的語句，不過前提是作品本身也要寫得讓他們有發揮空間就是了。

　　以《哈姆雷特》（*Hamlet*）而言，莎士比亞就表示對白唸出來時，應該要像「在舌頭上輕快地跳躍」（trippingly on the tongue）般清脆流暢，換言之，演員不該講到一半卡住，或是唸得特別刻意，以確保觀眾瞭解。舉例來說，像「塔滑湯灑湯燙塔」這種繞口令就會讓人舌頭打結，而琳達在《寫作技巧晉升寶典》（*Making a Good Writer Great*）中，也刻意寫了一句看上去沒問題，但實際說出來會很讓人傷腦筋的反例：「hard-core horror and gore」（意思是「令人驚懼無比的恐怖事件與血跡」）──這種台詞可千萬別拿去增加演員的負擔啊。

　　相較之下，威廉斯的對白就十分高明，好到有些人甚至認為，隨便哪個演員拿去當讀電話簿一樣隨便念，都仍會非常精彩，所以，請各位把以下這段取自《慾望街車》（*A Streetcar Named Desire*）的台詞讀出來聽聽看：

布蘭奇：「直」這個字該怎麼定義？線可以畫直、路可以造直，
　　　　但人心啊，可就不是這樣了。人的心，可比山間小路
　　　　都來得蜿蜒。

BLANCHE: What is straight? A line can be straight, or a street, but
　　　　　the human heart, oh, no, it's curved like a road
　　　　　through mountains.

　　就算不會演戲，這段話一讀出來，還是很有份量的，對吧？

　　演員唸出對白時，可搭配傻笑、怒容、緊張的眼神，或刻意讓手
指顫抖抽動，以各種方式來賦予角色真實性和臨場感，讓觀者進入故
事，並與角色產生情感連結。好的對白能啟動或推升衝突，甚至觸發
角色轉變。

　　許多優秀的作家都說寫到某個階段時，角色便會開始和他們說
話，有些人甚至表示角色會講個不停，逼得他們快要發狂！通常，人
物一旦成形並擁有自己的聲音後，便會開始掌控大局，並開啟新的契
機，以至發展出可能改變故事的方向。舉例來說，電影《心田深處》
（Places in the Heart）原本是描述田納西州私釀酒販的故事……結果當
中的小角色艾娜‧思柏丁卻讓編劇羅伯‧班頓（Robert Benton）改變
心意，以她為主角改寫了整個故事！就這樣，由於班頓聽從了角色的
聲音，莎莉‧菲爾德（Sally Field）也因而以艾娜一角榮獲她的第二
座奧斯卡獎。

　　約翰至今寫過二十四部完整劇本，有些是受聘所寫，有些則是自
發寫成，當中某些已有客戶購入，也有些已實際拍攝成片。以約翰寫
劇本的流程而言，他從一開始就會傾聽角色的聲音。雖然我們常根據
經驗，沿用已知有效的敘事架構，但仍不免得視角色的狀況加以調整，

而不是本末倒置地硬是改變人物特質來塞入框架，所以約翰總會將角色的需求、渴望、恐懼與抱負納入考量。換言之，編劇和虛擬人物間也有對白在上演，因此創作者不能專橫武斷，而得多加聆聽才行。

角色若克服情緒上的障礙，決意要追求心中的渴望，故事架構就會成形，情節與主題也會隨之浮現。約翰就是願意跟從角色的全權帶領，所以能跳脫平板而毫無新意的籠統人物，寫出有層次的複雜性格。技巧真正好的創作者會注意並順應角色發展，讓他們擁有自己的聲音，這麼一來，對白通常都會自然成形，而不必刻意雕琢。

不過，角色有時也可能變得太躁進或愛出風頭，這時，執筆者就必須出面制止，甚至將他們從故事中驅逐，畢竟我們需要的是願意配合的角色，如果是想要什麼就非得到不可的類型，那可行不通。某些時候，我們確實能將脫軌的角色拉回正軌，再重新置入原先打造的虛擬世界當中，不過若要做到這點，勢必得視故事發展隨機應變才行。

頂尖的對白能讓角色以自然的方式，你一言、我一語地對談，絕不生硬、造作，且可以在不打斷故事節奏的情況下，巧妙地傳遞資訊，並彰顯角色腦海中的想法與內心的情緒，是其他文學寫作機制都無法企及的效果。無論我們對角色是愛、是恨，對白都該賦予他們抓住觀眾目光的力量。

CASE STUDY

在第一章的實作練習中，各位要使用自己的作品。請從中擷取幾頁的對話，無論是電影劇本、小說、短篇故事或劇場作品都可以。這部創作會一路陪你走到本書最後，你每讀一章，就要想想當中的內容

如何有助於提升故事中的對白，並學習我們針對實例提供說明的方式，為自己的對白加註。

　　此外，各位也得一而再、再而三地重寫，每讀完一個章節，就要把對話重新寫過一遍，所以至少會修改十二次。因此，我們希望各位讀到最後一章時，都會讚嘆地發現作品中的對白進步、充實了許多。

Lesson 2

揭示角色特質

  讀者與觀眾通常是在角色出現於敘述或畫面中時，才第一次與他們見面，並觀察到性別、年齡、種族、社會傾向、教育程度、收入多寡，或甚至是人格個性等特質。角色一旦開始說話，便會強化或推翻這樣的第一印象，而這就是對白的目的與力量。

  對白是角色的一部分，不可能單獨存在。雖然相同類型的角色，說話方式可能類似，但所有個體都擁有自己的世界觀與獨特的聲音，所以創作者得寫出自然且真實的對白，才能充分展現每位角色的各種面向。在本章中，我們會探討對白能傳遞出哪些資訊。

帶出角色態度

  透過對白，我們能瞭解角色對某個主題的想法與感受。舉凡重要大事或細瑣小事，角色都會有自己的態度與意見，舉例來說：

  大家都把洋基隊想得太厲害了。

  從這句話中，我們能推敲出什麼資訊？這個人是紅襪隊的球迷？

是土生土長的波士頓人？又或是失望透頂的洋基粉絲？也可能是一般球評？這句對白起了頭，讓人初步認識角色的想法與態度，而接下來的台詞則會隨著故事發展，帶領我們深入探索角色的世界。

假設有個女子這麼說：

> 洋蔥一定很恨我。每次我一吃，身體都會尖叫抗議：「為什麼要這樣對我？！」

或許她很挑食？也可能她消化不良？或對洋蔥過敏？除了洋蔥以外，還有什麼也恨她？她會不會是不自覺地在自我批判？這些問題，我們都得繼續看下去才會知道。

假設有個男人這麼說：

> 地球是平的。要相信自己的眼睛，如果看起來是平的，那就是平的。

他是陰謀論者嗎？又或者只是無知？是不相信科學嗎？還是根本在開你玩笑？若想知道答案，可千萬別轉台。

瞭解角色關係

從對白中，我們還可以觀察到角色對他人的看法。

假設某個人對朋友說：

> 你很有天分，但得相信自己才行。

由此，我們可以看出這個角色有同理心，願意支持他人，或許是感同身受地知道欠缺自信是什麼感覺，也或許是逢人就喜歡說些鼓舞

士氣的話，希望能慢慢讓大家都變得樂觀、上進一些。

假設有位女子對丈夫說：

你幹嘛一直打斷我啊？我還沒說完欸，聽我講好不好！

這個角色似乎十分氣惱，不過丈夫是真的很愛插話嗎？又或是她從來都不給他說話的機會呢？這個問題是不是長期存在於這對夫妻之間？此外，她也進一步提出「聽我講好不好」的要求，說明了她需要的是什麼，而不只是處於受害者的姿態。或許她兒時沒有獲得認同，所以長大後才會有過度補償的心理，並以討人厭的方式表現出來，但究竟哪個詮釋才對，仍取決於情節發展，以及之後的對白所揭示的角色特質。

假設有個專斷的角色這麼說：

那樣不對，來，看我怎麼做，學著點。

這個角色的個性就是如此無理、不耐煩嗎？又或者他是在解釋多次後，終於失去了耐心？是脾氣不佳的大師，還是純粹喜歡控制他人？會不會是看到學生採取實驗性的學習方法，就忍不住要打斷的不良教師？或許養育這個角色的人就是缺乏耐性，所以他也承襲了這樣的特質？還是他說話的對象太搞不清楚狀況？可能是能力不足的新員工也說不定？

無論如何，重要的是，我們必須認知到對白就像媒介，當中往往蘊含著角色深層的自我，換言之，對白只揭示了他們人格的冰山一角，其餘的澎湃內涵則深深蟄伏於海面之下；而創作者則有責任潛入海中，探索連角色本身都不自知的內心層面，寫出適當的對白，精彩地

勾勒出表層底下的波濤洶湧。

說明角色背景與成長歷程

角色聊起過往經驗時，往往會揭露自身背景，不過他們講了什麼，又是用怎樣的方式說出口，同樣能讓我們觀察到台詞沒有明說的細節，譬如他們是如何看待自身背景等等。假設有個角色想引起旁人關注，說了以下這段話：

> 我媽信天主教，我爸支持無神論，我以前參加過衛理公會，我妹是浸信派，我弟則是異教分子，什麼都不信。

這個角色的原生家庭是不是有點古怪，喜歡辯論宗教與政治議題，又頗具幽默感？各位可能有注意到，「異教分子」（heathen）這個字和「沒有宗教信仰」（non-believer）所隱含的意義不同，說話者之所以用前者，是不是在暗示宗教理念的衝突導致家庭失和？撂下這段話只是為了博眾人一笑嗎？又或是為了閃避問題，甚至掩飾艱困的成長過程在心中造成的混亂？

再假設有個男子在談論自身背景時這麼說：

> 我是靠一輛一九三五年的廂型麵包車學會怎麼開車的，還是三檔手排那種，排檔桿搖搖晃晃的，啟動器按鈕在油門踏板旁邊，離合器有三十公分那麼高，要一直踩到底才有作用。所以只要是有輪子的，沒有什麼是我不能開的。

說話者可能對自己的技術很有信心，不怕迎接任何新挑戰，但也或許他只是自大而已；另一方面，「所以只要是有輪子的，沒有什麼是

我不能開的」則顯得有點饒口、刻意，但這樣的細節也能讓我們看出，他對開車大概真的很在行。

接下來的這名角色，則是在說明自己水性傲人的同時，也揭露了他的成長背景：

> 我從小在湖邊長大，那兒有座十八公尺的高塔，但大家總說我如果不敢從上面跳下來，就不准去爬，不然他們也會把我丟進湖裡。後來我終於鼓起勇氣，橫了心一躍而下，跳完之後，我就再也不怕了。

這段話不僅讓我們瞭解到他是如何克服懼高症，也顯示他是生長於鄉下地方，從小所受的管束可能沒有像都市小孩那麼嚴格。

顯示角色從哪裡來

我們經常可以透過角色的方言、腔調和措辭，推測他們來自哪裡：

> 我要去酒吧和**兄弟們**喝一**品脫**。（英國腔）
> I'm off to the pub for a **pint** with **the lads**.（British）

或是：

> 嘎呀，沃債這就樹王法，逆們都治道的吧。
> Weaall, ya'll aughta know bah nayow thet ah aym the lawr'round heauh.

前者使用的「pint」為英國常用的容量單位，「the lads」為英國口語用法，意為「同伴、兄弟們」。後者使用的是西維吉尼亞州阿帕拉契

山脈一帶的方言，用寫的可能有點難懂，不過意思是「哎，我在這裡就是王法，你們都知道的吧」。

又或是：

她替我端來一瓶**一米其**的金賓威士忌，所以我給了她一塊**加幣**當小費。
She brought me a **mickey** of **Jim Beam**, so I tipped her a **loonie**，加拿大

在加式英文中，「mickey」（米其）是一種容量單位，為三百七十五毫升。金賓威士忌大家應該都知道，某些人對「loonie」可能也不陌生。加拿大人將幣面鑄有加拿大雁的一元硬幣稱為「loonie」，這時，角色如果再把錢遞給酒保，觀眾就能看得更明白了。

不過，有時揭露角色背景的不是口音或用語，而是他們提到的某些事：

從小到大，百老匯的每齣戲我都會去看。

由此，我們可以看出這個人可能來自紐約市或附近的地區。又或者，如果有個女人說：

我啊，最喜歡坐債木蘭樹下，喝薄荷茱莉普了啦。
Ah always loved sittin' undah the magnolia tree sippin' a mint julip.

那她很可能是出身南方的貴族家庭（除了南方口音外，薄荷茱莉普也是美國南部的經典威士忌調酒）。

為角色建立節奏

角色說話的速度快慢有別，某些人滔滔不絕，有些則簡明扼要。通常，角色說話的方式和內容一樣，都能讓觀眾看出關於他們的許多特質。

以下這個角色就屬於不吐不快的類型，什麼話都非得說出來不可。各位如果大聲朗誦這段台詞，就會發現很耗力氣，而且要快速地一次唸完，只能偷空喘一兩口氣。這名角色不願放過任何細節的態度，讓我們得以對他略窺一二：

> 我也做過發財夢，想買山上的大房子，買高檔花俏的休旅車，娶漂亮的太太帶出去炫耀，打造符合全國平均子女數的模範家庭，結果呢？房貸、車貸、財產稅和債主都追在我屁股後面不放，全怪我老婆把信用卡刷爆，害我每天都得工作十六小時，為的就是讓妻小開心，保住鄉村俱樂部的會員資格……我他媽的只是談個戀愛就非得變得這麼慘？

或許他是個聰明的流浪漢，有自己的一套哲學，因此自認高人一等，看不起平庸無奇的一般大眾。這段台詞如果大聲讀出來，語速必須很快才能一口氣全部唸完，但最後那句話似乎隱約暗示他失去了摯愛，會使人不自覺地放慢下來。

假設有個不敢太直接的女子，唯唯諾諾了許久才說出重點：

> 呃……不好意系……那個……那好像四我的位子。

她可能是個害羞、安靜的人，話少而簡潔，也可能是教育程度不高（把「是」唸成「系」），在成長過程中養成了對他人畢恭畢敬的習

慣。無論她究竟來自怎樣的背景，這句台詞都得慢慢唸才恰當。

也有某些角色可能停頓許久，結果僅說出「不」一個字，譬如克林·伊斯威特（Clint Eastwood）和賈利·古柏（Gary Cooper）點頭說「對」的表現就是屬於這種風格。

揭示角色的好辯性格

角色受到他人挑戰時，是願意傾聽不同意見，還是會忍不住打斷對方，又或者以惱人的態度堅持自己的想法呢？有些角色選定立場後就堅定不移，有些則可能會千方百計地想改變他人觀點；某些角色在生氣、發怒時會轉移話題，也有時，旁人可能會試圖打圓場，以緩解衝突，讓討人厭的同伴不致於把場面搞得太過失控。

> 布萊恩：這真是太離譜了！哪個正常人會大老遠跑來這裡，把九百萬美元埋到地底下啊？妳竟然會相信書裡隨便看到的鬼地圖，簡直就是腦袋壞掉。
>
> 麗莎：布萊恩，你可不可以冷靜──
>
> 布萊恩：我當初怎麼會相信妳說的屁話啊？
>
> 麗莎：拜託你，不要再講了。
>
> 布萊恩：我不要再挖了。我走，妳聽到沒？老子可不是閒閒沒事做，我要閃人了。
>
> 麗莎：布萊恩──
>
> 布萊恩：不要再講了，少在那裡甜言蜜語，想騙我在大太陽底下當工具人！妳根本不知道自己在幹嘛，滿腦子都是蠢主意，這次也不例外。這整件事根本就莫名其妙，那張地圖完全就是假的，我們什麼都不知道，到底跑來幹嘛？

麗莎：地圖看起來太真實了，不可能是假——
布萊恩：麗莎，不要再開玩笑了，那地圖根本是唬人的，妳不
　　　　要再想說服我了，假的就是假的，我一看就知道！

　　布萊恩是個需要主控權的人，但卻得依循麗莎的計畫辦事，無法
掌控全局，所以很不自在。他內心深處可能是覺得自己身為男人，不
該被呼來喚去，所以才會失控。事實上，如果布萊恩爆發時，麗莎自
顧自地繼續挖，那挖到寶時，他大概就會自動閉嘴了。

暗指角色內心尚未揭開的祕密或慾望

　　以下對白中的角色，是內斂型，還是心直口快型呢？

狄倫：妳是哪裡人？
妮可：東邊來的。
狄倫：東岸嗎？我是紐澤西人耶！哇，所以我們有共通點囉！
　　　妳是哪一州的？
妮可：不是美國的州。
狄倫：這樣啊？那妳說的東邊是哪裡？
妮可：遠東。
狄倫：真的嗎！妳看起來不像亞洲人耶。是中國嗎？
妮可：不是。
狄倫：日本？
妮可：不是。
狄倫：韓國？
妮可：不是。
狄倫：呃……好吧，沒關係，就當作是某個神祕的不知名遠東
　　　國家，孕育出了妳這個外表像美國人的謎樣女子吧，沒

問題。我自己呢，則是受過教育的典型美國男性，來自紐澤西，是異性戀，而且正在尋找像妳這樣的女人，妳有興趣嗎？

妮可謹慎到極點的表現，顯示她需要很長的時間才能對他人敞開心房，這樣的描繪營造出謎樣的形象，會讓人更想瞭解她；至於狄倫往後則可能博得妮可的信任，但在這一幕中卻一直要她立刻卸下心防，顯得太過急切、躁進。或許她是間諜也說不定，但也可能是他太討人厭，所以她根本懶得搭理。

有些角色跟狄倫很像，即使問題再簡單，也非得喋喋不休地道出所有細節不可。

湯姆：今天過得如何啊？

辛蒂：天啊，說到這個我就氣！今天下班開車回家開得有夠不爽！州際公路塞得跟停車場一樣，雨又下得唏哩嘩啦，大家都不斷往前擠，車距小的要命，車禍一堆，警察也四處都是，有個騎機車的警官竟然停在我旁邊叫我下車，你不覺得很離譜嗎！他是還蠻帥的啦，但有戴婚戒，不過看起來已經戴很久了，大概連他自己都忘了。總之，後面的駕駛馬上開始發飆，我也只能面對，但不得不說，我這輩子從沒看過那麼多中指，原本還以為這手勢只有耳聾的人在用呢。我們被攔下來時，隔壁那台車裡有兩隻臭狗對我叫個不停，開車的是個染橘色頭髮，妝大概有三公分厚的肥胖中年女子，擦著芝加哥流行的那種深色眼影，狠瞪著我，好像狗會亂叫是我的錯一樣！不過我還是繼續吃海綿蛋糕，只是中指不禁開始抽搐，有股衝動想猛豎起來對她示威，要不是我信基督教的話，一定早就採取行動了！而且你知道接下來怎麼樣嗎？

> 湯姆：想好晚餐要吃什麼了嗎？

辛蒂是個觀察細微的人，但她怎麼解讀眼中所看到的一切，則又是另外一回事了；再者，她過度激動的描述，能讓我們看出她似乎是個想像力豐富的誇張角色。在當天發生的事件中，她之所以會注意到那麼多細節，是不是因為兒時受過創傷，內心深處留有陰影？不過這也只是猜測而已。另一方面，湯姆則比較實際、直接……但也或許他只是剛好肚子餓，希望辛蒂能趕快冷靜下來，跟他去吃晚餐？又或者他很大男人主義也說不定？繼續看下去就知道了。

角色的文法和語彙是否受限？

有些角色說話詞彙豐富，則能讓觀眾看出他們的教育程度。

> 戴米安：樹木和石頭都有深度，就兩者間的連線而言，幾何平面的可能角度有很多種，會影響到直角的方向，所以我建議先找出樹相對於石頭的正中心……然後再找石頭相對於樹的正中心……也就是兩者可能的切點……接著在兩點間畫出直線，最後再畫出與這條線以九十度相交於中點的線就行了。

太仔細聽戴米安的話，大概會覺得怎麼會有這麼著迷於幾何學的書呆子。或許他是工程師，也可能是教藝術的也說不定；若再進一步探究，他表面上雖然只是很詳細地說明如何在自然界的兩個物體間畫出直角，但他之所以會有這樣的表現，可能是因為防備心很強。有些人可能會覺得「這傢伙有沒有情緒啊」，或是「他看起來有條有理，但

心裡是不是藏了什麼不為人知的祕密」，也或許他是因為內心深處存在著不安全感，才發展出控制狂的性格來保護自己？寫作時，千萬別忘了考慮這些隱含於對白當中的細節。

相較之下，有些角色則會因為詞窮，而一再重複相同的話：

> 珍妮：她很惡劣欸，真的，她真的非常惡劣，我最討厭惡劣的
> 　　　人了。

揭示角色的意圖、期待與渴望

好的角色內心會有所渴望，驅使他們在故事中付諸行動，而這樣的渴望，也經常是讀者、觀眾與角色產生共鳴的原因。

> 愛咪：我們接下來要怎麼辦？
> 艾莉森：我要開歌唱教室，教大家唱歌，訓練出好聲音……
> 愛咪：但這不需要錢嗎？
> 艾莉森：我明天就去跟銀行貸款。
> 愛咪：終於！

艾莉森似乎很清楚自己想要什麼，也知道該從何著手逐夢，但過程中總會遇到問題吧？所以整部電影中可能會發生許多事件，讓兩人逐步深陷於進退兩難的窘境，而這時，就得看她們如何化解難關，找出解答、成就圓滿的結局囉。

瞭解角色的恐懼

角色在追尋目標時，之所以會面臨心理阻礙，經常是因為恐懼作

崇。無論是誰，都會有所懼怕，怕失敗、怕被拒絕，或怕無法戰勝困難。舉例來說，如果內心深處渴望成為歌手，卻害怕遭人評判，往往就會找藉口不追求夢想。

> 榮恩：我幫你報名了卡特爾咖啡館的現場即興表演。
> 黛安：為何？
> 榮恩：因為妳說妳喜歡唱歌啊。
> 黛安：洗澡的時候唱可以，但我不想在別人面前唱啦。
> 榮恩：但我就聽過妳唱歌啊！妳隨口就唱出那句「我從狗熊變成英雄」還什麼的，那個歌手叫什麼名字……
> 黛安：那首歌蠢得要命，我打死都不要在大家面前唱。
> 榮恩：哪會蠢啊，很好聽啊！而且妳唱得超讚！
> 黛安：你不要再講了好不好？
> 榮恩：不管啦，妳就選別首歌來唱吧，反正我都幫妳報名了。
> 黛安：既然你這麼堅持，不如就改名叫黛安，代替我上場吧！

榮恩要黛安放手一搏，追尋渴望，但她卻因為害怕自己不夠好而拒絕了。當然，情節若要繼續發展，勢必得有什麼契機讓黛安決定當眾唱歌，進而走上成為專業歌手之路，不過即便如此，也不代表她已經克服了內心的懼怕。反之，她必須與恐懼正面對決，而故事也會著重描述她如何克服忐忑之情，進而找到自己的聲音。

揭示角色優點

一般而言，我們若要凸顯角色有同理心，會先安排以行為展現，然後再透過對白揭示。好萊塢常說的「輕拍小狗」（Pet the Puppy）場景就具有這種作用，不過現在多半已改稱「英雄救貓咪」（Save the

Cat）就是了。

哎呀，小喵喵，餓了嗎？來，我剩下的午餐都給你吃吧。

只要愛貓愛狗，一定是善良的好角色。翠華‧史瓦爾曼（Trava Silverman）曾受聘對電影《綠寶石》（*Romancing the Stone*）進行小規模的改寫，目標是讓主角瓊安‧威爾德（Joan Wilder）變得有同情心一些。史瓦爾曼在劇本中加入了一隻貓讓瓊安當寵物，而且在電影前段就安排她表現出愛貓、會為了貓大驚小怪的模樣；後來，瓊安在慶祝寫完書時，還把食物放在水晶製的高腳酒杯裡給貓吃。對此，史瓦爾曼這麼解釋：「觀眾一看到和寵物親暱的角色，就會很有好感。」

凸顯個性良善之處的另一個方法，則是安排角色在他人遇到困難時伸出援手（譬如小孩在和作業奮戰）。

母親的約會對象：你在幹嘛啊？
　　　　　兒子：（皺眉）沒幹嘛。
母親的約會對象：我懂，我也最不會數學應用題了。
　　　　　兒子：真的很煩欸。
母親的約會對象：真辛苦，我來替你看看這討人厭的題目吧……喔！我知道了，是題目寫得不清楚啦！你看，奇奇與蒂蒂其實沒有一起打網球，所以要先算奇奇打了幾場，減掉之後就知道蒂蒂打了幾場啦。
　　　　　兒子：原來是這樣！太好了！為什麼不講清楚一點啊？
母親的約會對象：因為寫題目的人太笨啦……不過好在你看得懂。
母親走進房間。

母親：（對著約會對象）準備好了嗎？（對著兒子）你們在搞什麼名堂呀？

兒子：（微笑）沒什麼。

暗示宗教、政治及道德理念

多數人都有分辨是非的準則，也都抱持屬於自己的人生哲學，只不過旁人不一定能認同就是了。角色在說明自身的價值體系時，可能自信滿滿，也可能語帶防備。

瑟琳娜：你要去哪？

賽門：同志大遊行。

瑟琳娜：你不是異性戀嗎？

賽門：所以就不能去嗎？

對白內容與說話態度，都能讓觀眾推論出許多關於角色的資訊。建構角色時，最好的方法就是透過對白來暗示人格特徵了，舉例來說：

諮商師：你和太太最近如何？

病人：她很喜歡上教堂。

就字面上來看，這答案有許多不同的詮釋法，至於確切意涵，則取決於先前的情節讓我們對角色有怎樣的認識。如果這位病人是首次出現於小說或劇本當中，那麼除非作者加註詳述或提供說明，否則要以書面形式讀出他的意思，大概很難。

或許他說話時尾音下沉，還聳了聳肩，意思是「她上教堂上得太頻繁了」；也或許他雙眼發亮，語氣上揚，這麼一來，正確的詮釋可能

就會變成：「她簡直就是聖人，我愛死她了！」

　　寫作時請務必記得，實際寫來出的對白是要交由讀者或演員賞析、表現的，他們的詮釋可能有助於實現你想達成的效果，但也可能與之牴觸。我們隨時都要謹記角色性格，才能設身處地寫出肺腑之言。對白這種媒介是必須能傳遞角色資訊沒錯，但寫作手法也要精緻、巧妙，出手不能太重，以免直截了當地把話說得太明白。

　　對白是由技巧與磨練堆積而成的藝術，歸根究柢，我們必須對角色抱持深厚的同理心，畢竟如果無法打從心底地感受角色情緒，那絕對寫不出效果好的對白；反之，若能將心比心地從他們的觀點看世界，對白就會自然而然地傾洩而出了。

CASE STUDY ─────────────────────

琳達的說明：這個故事發生於一八四〇年代，以下場景是第一幕，發生於篷車隊的其中一輛馬車內。車隊耍從密蘇里谷（Missouri Valley）前往奧勒岡（Oregon），當天停下來過夜。

室內場景 篷車內 — 白天

克萊兒，來自新英格蘭的婦人，年紀三十出頭，山繆・葛思楚之妻。此刻，她坐在車內，緊張地唸著玫瑰經，一旁十三歲的女兒安娜則已失去意識，翻來覆去又反覆呻吟。

山繆・葛思楚醫生，安娜的父親。他焦頭爛額，先是檢查她的脈搏，又用聽診器聽了肺部與心跳。

琳達的說明：從行為上，我們可以看出山繆是醫生，但劇本敘述同時也指出他是克萊兒的丈夫、安娜的父親。不過各位要記得，觀眾是讀不到敘述的，所以創作者得透過對白傳遞這項資訊才行。

克萊兒

（語氣焦慮）
這是怎麼回事？

山繆

她有精神性歇斯底里症。

克萊兒

你不是幫她治療了嗎，為什麼沒用？

山繆

我也不知道……我——

克萊兒

你明明說可以把她治好的！

山繆

（暴怒回嘴）
我說過什麼，我自己知道，不用妳提醒！

琳達的說明：接下來的對白和上段隔了半頁。

克萊兒

（對著喪失意識的安娜）
我有禮物要給妳。

她從洋裝裡拉出十字架項鍊，拿下來後替女兒戴上。安娜發出叫聲，縮了起來。

克萊兒
親愛的主耶穌基督、神聖的聖母瑪利亞、聖白芭蕾、聖德蘭、聖方濟、聖嘉勒，還有所有大聖人啊，請在我們身陷重大危難的時刻顯靈，驅逐附身在安娜體內的惡靈吧，拜託趕快讓她醒來，讓惡靈退去！

克萊兒
寶貝女兒啊，快回到我身邊吧！

琳達的說明：冗長地唸了那麼一大串聖人，實在沒必要，而且聖德蘭（Saint Therese）在一九二五年才獲封聖名，所以把資料查清楚可是很重要的！在上述場景中，人物之間的關係、所面臨的問題，以及宗教議題和歷史時期都需要釐清。

約翰改寫版本

室內場景 篷車內 — 白天

克萊兒，三十二歲，坐在馬車地上，唸著玫瑰經禱告，身旁有張睡墊。

安娜，十三歲，毫無意識地躺在墊子上，額頭冒汗，接著卻猛然坐起身來，開始尖叫。克萊兒害怕地一抖。

山繆‧葛思楚醫生，三十五歲，用聽診器從安娜背後檢查了
她的肺部。

山繆

（對著克萊兒）

妳一直在那唸些有的沒的爛咒語，到底夠了
沒啊？

這時，一聲極度強勁的心跳震懾了四周的空氣，讓山繆不由得
發出驚呼。

克萊兒

（抓住山繆的手臂）

親愛的，怎麼回事？

山繆

我從沒聽過這麼強……這麼快的心跳聲……
太可怕了。

山繆將藥粉倒入容器，攪拌後餵安娜吃，但藥從她嘴裡流出，
一路從臉頰流到了大腿，接著，她又把剩下的藥吐在山繆臉上。

克萊兒

你不是說你有辦法治好她，讓她康復嗎——

山繆

（暴怒回嘴）

我說過什麼，我自己知道，不用妳提醒！
我……我只是……她也是我女兒啊！我已經
想盡辦法了，難道妳懷疑我嗎？

山繆用力把容器砸到地上，站起身來。

山繆

我要出去透透氣。

他衝出馬車後門，克萊兒則輕拭安娜額頭上的汗，發出啜泣。

接著，她取下頸上的十字架，替安娜戴上。

克萊兒

這是我祖母給我的，現在送妳，當妳的護身
符。

安娜抓住十字架，從脖子上扯下來往車篷丟，並發出令人膽寒
的咆哮。

克萊兒

親愛的主耶穌基督啊，拜託在我們最需要的
時刻顯靈吧。

安娜

啊嘎哩嗎啊嗚哇哩嘎！

克萊兒

撒旦退去！

約翰的說明：改寫後，對白就能自然揭示人物間的關係，以及夫妻倆
在宗教觀上的對立了。

Lesson 3

打造獨特世界

所謂的「**獨特世界**」，不一定是什麼魔幻天地或充滿未來感風格的反烏托邦。任何角色都會身處於特定的文化脈絡、工作環境或歷史時期，而這些背景就是他們的世界。在許多情況下，角色的世界中常有特殊用語，如觀眾或讀者難以理解的俚語、行話或當代說法。對白如果太過模糊，便不足以清晰建構故事背景，但若寫得過於明確，也可能會導致大家看不懂。

角色如果來自英國，可能會用「argy-barge」（好辯）、「collywobbles」（緊張）、「giddy kipper」（過於興奮）和「lurgy」（生病）等英式單字。我們可以安排角色透過行為反映這些詞的定義，以達到解釋的效果，例如在角色低聲咆哮、對空揮拳時，安排旁人說他「argy-bargy」，或是在人物緊張發抖時，用「collywobbles」來形容。

「獨特世界」涵蓋文化、歷史脈絡、社會階級和教育程度，連角色是來自市中心、都會環境、小鎮還是鄉間農田也包含在內。不同的世界會有相異的用語、口頭說法及特殊措辭，而這些元素都會影響對白。

職業不同的人說話方式也有所差異，音樂家可能會提到減七和弦、固定低音、彈性速度和迪吉里杜管，訓馬師會談論空中換腿、馬

衡、滑停、種馬和母馬等等，而以編劇為職的角色則會提及轉折點、驅動情節進展的事件、主角的追尋目標之旅、角色弧線以及故事收尾。讀者或觀眾若無法瞭解這些用語，必然會十分困惑，注意力也會因而分散。

要消除疑惑，方法有很多種，在電影劇本中，可以透過動作來解釋用語。假設外科醫師表示要「scalpel」並伸出手，接著就有人把手術刀放到他手中，那麼觀眾自然會推測這個字指的就是畫面上的刀。

又假設角色指著樂譜問完要不要彈「gliss」之後，就用鋼琴彈出了滑音，那觀眾大概就知道是什麼意思了；換成在小說中的話，作者可以描述彈琴的人將拇指滑過多個按鍵，以達到相同的效果。

傳遞資訊

資訊如果不容易理解，那該如何傳遞呢？

在涉及專業程序的電視劇中（譬如與警察、法律、醫學和政治相關的素材），編劇經常安排角色透過對白，以有效率的方式說明專業領域的知識。譬如在哈特‧漢森（Hart Hanson）所寫的電視劇《識骨尋蹤》（*Bones*）中，角色常會一面指著攤在桌上的骨骸，一面說出各部位的名稱；同樣地，劇中的昆蟲專家哈金斯在談到某種幼蟲時，發現沒有人聽得懂，也得以敘述或直接展示的手法，說明幼蟲的起源、發展、生活環境、食物，以及與劇情相關的其他資訊。

如果情節中有兩個人，可以安排其中一個擔任需要說明的菜鳥。下例是取自安東尼‧祖克爾（Anthony E. Zuiker）的《CSI犯罪現場》（*Crime Scene Investigation*）：

> 歐萊利警探
>
> 你們的玩具還真多欸⋯⋯
>
> 葛萊森
>
> 歐萊利，這不是玩具，是靜電足跡採取器。
>
> 歐萊利警探
>
> 呃，是喔⋯⋯
>
> 葛萊森
>
> 有點像除毛球機啦，只不過採集的東西是足
> 跡。

　　在各種不同的場景中，「菜鳥」可以是小孩、學生、記者，或是任何搞不清楚狀況的角色；而非對話式的媒介，如信件、報紙、電腦螢幕及傳統黑板，都能用來傳遞資訊，不過無論是以對白或視覺途徑呈現，內容都得精心撰寫。

　　在許多電影中，當畫面上的重點是戲劇性的動作場景時，角色常會說出專業行話來增添刺激感，觀眾不需要瞭解每個字詞，也可以乘著這類用語，與角色一同進入故事的脈絡，體驗當中的獨特世界，並身歷其境地感受動作場景。類似的例子包括《龍捲風》（*Twister*）裡那旋風肆虐的世界、軍事行動不斷的《黑鷹計畫》（*Black Hawk Down*）、《美麗境界》（*A Beautiful Mind*）中的數學家社群，以及法律與秩序複雜的《法網遊龍》（*Law & Order*）。

　　在許多軍事與戰爭電影中，都有指揮官在說明任務的場景，過程中可能用到地圖、旁白和圖表，連PPT簡報都有機會出現。

　　以警匪和醫療電視劇而言，每句台詞都可能含有行話或專業術

語，所以打造故事的獨特世界特別困難。下例是取自萊姆絲的《實習醫生》，請各位注意，雖然幾乎各句對白中都有意義不明的術語，但劇情卻不難理解。

戶外場景 醫院外的病患入院區 — 白天

緊急醫護人員將呻吟的傷患拉出救護車，讓他們躺在停車場的柏油路面上，當中有人大哭、抽噎，也有人緊張症發作或失去意識，甚至還有死者。

實習醫生帶著救護包從急診入口衝了出來，分散到各處，為痛苦的傷患評估狀況，現場一片混亂。

梅莉迪絲跪到一名無意識的男性身旁，對貝莉醫生大喊。

梅莉迪絲

（連珠炮似地）
這個人右眼瞳孔放大、內枕骨脫臼、骨盆開放性骨折、腹部有一塊很大的撕裂傷，還有開放性氣胸，肋骨斷了七根。

貝莉醫生
（對著緊急醫護人員）
趕快把他抬上病床送到手術室！

上述場景的主要目的，在於凸顯醫院的氛圍可能瞬間改變，觀眾不必把每個醫學術語都搞懂，只要知道情況非常糟就行了。貝莉醫生聽完後，馬上命令同仁把傷患送到急診室，又再為故事增添了幾分緊湊。後來貝莉醫生在同一集中為他動手術時，鏡頭是以特寫方式呈現開刀過程：

> 貝莉醫生
> 用解剖器具把切口撐大，然後用夾鉗進行吻
> 合術。

對白不能只是編劇或角色賣弄聰明的工具，還必須符合情節，並能揭露角色特質、驅動角色發展。各位在創作時，可以問問自己「哪些資訊需要傳遞，又應該在什麼時候揭露」，畢竟書和電影都不該寫得像演講，布道詞或上課用的PPT簡報，讀者或觀眾是否充分瞭解對白所要傳達的意涵，也無法透過測試來評估。

對白的重點，並不在於看完後能否讓人成為工程、腦部手術或鯊魚捕撈的專家，事實上，把話講得太詳細反而會混淆焦點，寫作時不可不慎。

適當安排具有特殊功用的角色

寫作時的一大重點，在於剖析讀者或觀眾已握有哪些資訊，又還需要其他哪些來瞭解故事發展，並安排角色替他們發問，或讓其他角色給予回應，藉此說出答案，不過手法必須精巧熟練，免得讓人覺得像在聽課。敘述型的對白若寫得好，便能讓人欣然接受話中的解釋。

舉例來說，肛門滯留型人格的角色容易有固執、堅持己見、重視細節等性格，可能會把事情解釋得太過冗長，除了真正需要知道當中細節的角色外，其他人大概都會聽得很厭煩，所以具備這種性格的人物最好只安排一個。另一種手法，則是安插對某個術語不熟悉的人為了釐清意義而發問，或露出一臉困惑的模樣──或許是不想顯得很笨，所以默默地沒說話，但疑惑的反應卻被別的角色逮個正著。

在亞瑟・柯南・道爾（Sir Arthur Conan Doyle）的《福爾摩斯》系列中，華生經常丟出問題要福爾摩斯解釋，以故事〈紅髮聯盟〉（The Red-Headed League）為例，華生就數度發問：「但你是怎麼猜到動機的？」、「你怎麼知道他們今晚會行動？」而且福爾摩斯每每破案，他也總會在一旁稱頌讚美：

> 「你的推理太精彩了，」我發自內心地讚嘆，「就好像鍊子似的，
> 很長，但每一環都緊密相扣。」

千萬別忘了做功課

創作者本身若不是來自筆下所寫的世界，那麼勢必得多加研究故事中的特殊語言，以幫助讀者與觀眾充分理解，畢竟寫作是想像與現實的綜合體，即使是科幻小說，也不能缺乏實際的科學原理做為基礎。

讀者和觀眾通常會相信在書中讀到、在電影中看到的資訊，認為角色說的是事實，但其實有不少創作者會憑空杜撰，而這樣的做法非常危險，畢竟大家如果認為資訊是真的，會拿去如何運用，沒有人說得準。

對白的內容可能大錯特錯，原因或許在於創作者是用捏造的，又或許是因為太實際的解釋反倒顯得不夠精彩聳動。在電影《證人》（Witness）中，阿米許（Amish）長老斯托士法斯（Stoltzfus）在告訴旁人該如何解救遭到槍擊的約翰・布格（John Book）時，是這麼建議的：「趕緊去調製敷劑……三匙牛奶、兩匙亞麻籽油。」琳達就把這話記了下來，畢竟誰也不知道會不會哪天就遇上得替中槍傷患急救的場合。後來，她向編劇威廉・凱利（William Kelly）提起這事，結果他卻說：「那是我掰的啦，千萬別照做，免得害死人都不知道啊！」

CASE STUDY ─────────────

　　在戰機轟隆、狂轟濫炸又千鈞一髮的危急場景中，軍事用語有助提升刺激感與驚險度，但如果觀眾聽不懂，這些旨在引領他們進入狀況的對白，反而會成為使人分心的罪魁禍首。以下的故事發生於九一一事件之後，在這個例子中，作者想打造一個虛實交錯的世界。

戶外場景 阿富汗山谷 ── 日出時分

一名塔利班突擊隊員獨自站在晨空之下，裹著頭巾，身上掛著自動步槍，畫面上能看到他的剪影。

他領著一隊士兵，謹慎地從山間小路走入谷中。

標題：阿富汗托拉波拉山區，九一一事件八週後

在一千碼遠處的戰壕中，美國陸軍特種部隊的特級上士丹尼爾・沃克，正從監視處透過望遠鏡看著他們。

隊長艾迪・奈特滾到他身邊。

奈特

　　是他嗎？

丹尼爾透過望遠鏡用力地看，終於瞥見了一張臉。

丹尼爾

　　確認。

原本埋首於地圖的空軍聯合終端攻擊管制員史塔克抬起頭來。

史塔克

AC-130 已就位，就等你下令。

奈特將無線電交給丹尼爾……

丹尼爾

傳教士六號、卡瑪三號，我們已對傑洛尼莫
以及十五名步行人員取得 P.I.D.，他們在
早餐時間前就會抵達巴基斯坦，請求許可以
利烏降，結束。

琳達的說明：編劇是知道很多術語沒錯，但這些詞究竟是什麼意思？

約翰改寫版本

戶外場景 阿富汗山谷 ── 日出時分

一名肩掛自動步槍的塔利班突擊隊員溜下山路，身後跟著十五
名排成一列的士兵。

字幕：阿富汗托拉波拉山區，九一一事件八週後

主觀鏡頭 從望遠鏡看出去

成列的游擊隊員慢慢走入山谷，鏡頭拉近，聚焦在領隊臉上。

戶外場景 戰壕中的監視處 ── 日出時分

美國陸軍特種部隊的特級上士丹尼爾・沃克趴在地上，透過
望遠鏡凝視，然後打出信號……

隊長艾迪・奈特和空軍管制員約翰・史塔克擠在一旁，研究
該處的地圖。

沃克

長官！

奈特

是他嗎？

沃克

確認。

史塔克
（原本在看地圖，現在抬起頭來）
我們已經安排兩台AC-130就警備位置了，
就等你下令。

奈特將無線電交給史塔克，自己挪到紅外線目標照明燈後方。

史塔克（繼續）
好，我們已正確辨識出傑洛尼莫，還有十五
個步行的「探戈」。他們在早餐時間前就會抵
達巴基斯坦，請求空援許可，結束。

約翰的說明：AC-130是什麼，並不需要說明，因為觀眾稍後看到空襲
時，就會自行聯想。「就警備位置」（on alert）則能讓觀眾知道，史塔
克已預備要發動某種攻擊。在軍事術語中，「P.I.D.」是「Positive
Identification」，意即「敵我識別」，我把它這樣清楚化：望遠鏡對焦在

突擊隊長臉上，所以觀眾應該能明顯看出「傑若尼莫」是他的名字；「探戈」這個字的意思許多讀者與觀眾都相當熟悉（英文中的探戈是「tango」，為「target」的諧音，指的是「目標」），所以我用來代替「步行人員」（foot mobile），另外，我也在一開始的敘述中提及「十五」這個數字，確保觀眾知道「探戈」就是跟在隊長身後的十五名士兵。至於「鳥降」（birdcall）這個詞，我從沒看過誰用，又因為各形各色的飛機在英文軍事用語中都稱為「bird」，所以我選擇用「空援」（air support）一詞代換，以求清楚明確。

Lesson 4

描繪角色意圖

　　每個偉大的故事都會呈現情感歷程，角色若有渴求與盼望，就會踏上追尋之旅，並在途中遇到挫折、阻礙、反對與困難，因而瞭解到事情並沒有那麼容易。好的故事通常會在開頭時，就揭示角色目標，也就是所謂的「最高任務」（super objective）或「使命宣言」（mission statement），內容明確或隱晦皆可，以電影和劇作而言，一般在開始後的十到十五分鐘內，就會以暗示或直接陳述的方式出現，即使步調較慢，最晚也會在二十五到三十分鐘左右（第一個轉折點）就揭示。

　　換成小說的話，作者在前幾章就會寫出主角的最高任務，而讀者也會在與角色建立了情感連結後，一同踏上目標追尋之旅，希望主角能夠成功，且預期並希望看到圓滿的結局。使命宣言能奠定敘事基調，並勾勒出第二幕到高潮間的情節發展方向。

　　在警匪故事中，警探一旦說了「我們一定要給這傢伙好看」這類的台詞後，就會開始搜查線索、追捕壞人，並在最後如願以償地「給那傢伙好看」——或許是成功逮到人、取了對方的命或揭發罪行，總之，最終多半是由好人獲勝，壞人則會敗下陣來。

愛情故事中的兩人對望後，隨之而來的不外乎是明示或暗示角色意圖的台詞，話雖不必說得太明白，像什麼「我真的很喜歡你，想跟你交往，你就是我的理想情人，我們一定會結婚」，但角色意圖也必須傳達得夠清楚，才能讓人看出故事走向。

若是關於競賽的故事，角色則通常會自己說出目標，像是贏得拳擊比賽、拿下奧運金牌、打敗網球強敵、試鏡成功或奪下奧斯卡獎等等。

在羅伯‧包特（Robert Bolt）的電影《叛逆巡航》（*The Bounty*）中，弗萊契‧克里斯提安就說出了自身目標：「我們不殺人……布萊船長的話，就讓他流放海上吧」，而且也確實執行了；至於布萊船長同樣有他的展望：「我們要航行地球一圈，以神之名，一定要辦到」，但可惜沒能順利達成。

在塔倫提諾的《決殺令》（*Django Unchained*）中，舒華茲醫生對決哥之妻說出了意圖：「我和我們的共同朋友都認為，我必須將妳帶離這裡，永遠不再回來」，後來也確實付諸實行。

在雷恩‧強生所寫的《星際大戰八部曲：最後的絕地武士》（*Star Wars: The Last Jedi*）劇本中，路克在看似絕望的情況下，仍重申了目標：

凱羅忍
反抗軍已被殲滅，仗也打完了。我殺了你之後，宇宙間就再也沒有絕地武士了。

路克天行者
你說的每句話都大錯特錯。反抗軍今天獲得了重生，戰爭才剛要開始而已，而且我也不是最後的絕地武士。

由喬治R. R. 馬丁的小說《冰與火之歌》（*A Song of Ice and Fires*）改編的影集《權力遊戲》中，幾乎所有角色的意圖都宣示得很明白，譬如在第一季第四集中，丹妮莉絲·坦格利安曾說：

再敢舉手，就別怪我把你的手給砍斷。

在第二季第四集中，她則威脅要復仇：

等我的龍長大後，我們一定會奪回我被偷走的一切，讓招惹過我的人全部毀滅，把軍隊殺個片甲不留，還要把城市燒成灰燼！不讓我們進去是不是？到時先見棺材的可就是你了。

所以札羅·贊旺·達梭斯究竟有沒有讓他們進去呢？要是沒有才怪呢！

在第三季第一集中，泰溫表示：

想把凱岩城變成你家妓院？這根本人神不容，我絕不會讓你得逞。

在第三季第五集中，伊里斯回憶過去時則說：

燒個精光吧！在家的、在睡覺的，全都給我燒光！

在第三季第八集中，瑟曦對瑪格麗說：

再叫我姊試試看，我就派人在妳睡覺時把妳掐死。

上述意圖都加深了角色間的利害關係，使人物形象更鮮明，也達到了推進故事的效果。

如果可以的話，不要太直接

角色為了達成目標，有時會說些拐彎抹角的話，希望能從他人身上得到一些什麼。以第一次約會為例，男方很少會直接說出「回我家上床吧」這種話，而是會帶女方去吃晚餐、看戲，或展現廣博的天文與占星知識，希望讓對方印象深刻；好一點的或許還會要她聊聊自己，聽她描述一整天發生的事、瑜珈課和新的飲食計畫如何，閨蜜的貓又是怎麼和鄰居的狗起了衝突，最後送進醫院看獸醫，花了三、四萬塊；有些男生甚至會問是哪一種貓，說姊姊或妹妹也養過一隻。在這所有的橋段中，男方都是在營造體恤貼心的形象，無論如何，總不能劈頭就是一句「我們來幹吧」，這樣太過直接，只會讓他離目標越來越遠。

上例中的這一幕若要演得精彩，女方也得對男方抱持某種企圖，但兩人的意向可能有所衝突。或許她想找結婚對象，不想太快進行肢體接觸，也或許她最好的朋友患有性病，所以想替好友找個願意不發生關係的男性伴侶。若是如此，她在聊起閨蜜的貓時，大概就會一併提到這位朋友有多好、多棒。換言之，兩人可能各懷鬼胎。

各位如果上過演戲課程，可能就曾聽老師說過，角色在各幕之中也會有較小的目標（譬如和女方建立連結），以逐步完成故事層級的最高任務（把心儀的對象娶回家），且在每一幕都會為了達成目的而出招（像是找話題聊），但也可能遭遇其他角色造成的困難（或許她在跟別人交往）；這時，男方或許會改採其他手法（請她喝酒），以實現他在該幕中的企圖，和女方建立連結。

角色在追尋目標時若碰了釘子，就必須改變手法。舉例來說，如果男方約會時說他對貓過敏，那麼女方便得探尋其他途徑，才有可能

撮合他和閨蜜，完成終極使命。

雙方都想實現目標時，兩人的互動就像在走迷宮一樣：男方試走一條路，卻踏進死巷；女方選了別條路，卻落入死角繞不出來。兩人的對白或許直接，也可能迂迴，但不管怎麼樣，讀者和觀眾都會從故事起初就從旁加油，希望他們能開花結果，畢竟大家心裡都有股想大喊「兩位主角做得好，恭喜你們辦到啦！」的衝動，也都希望情節能按自己的期望走，這樣才能在結局揭曉時，享受勝利般的喜悅。

不過也並非所有故事的最高任務都能達成，在失敗的情況下，角色大概會以「我明天再想想」這類的台詞來收尾。

在薛尼・霍華（Sidney Howard）以瑪格麗特・米契爾（Margaret Mitchell）的原著所改編的《亂世佳人》劇本中，白瑞德的最高任務是贏得郝思嘉的芳心，讓她忘掉衛希禮，而郝思嘉的終極目標則是讓衛希禮愛上她，把他占為己有。

兩人為了實現目標，在各幕中都有小任務必須完成，譬如白瑞德幫助郝思嘉逃離亞特蘭大之火、和她跳舞，還滿足她內心的所有物質慾望，舉凡豪宅、華服、帽子和社會地位，他樣樣都給：

妳要什麼都沒問題。

白瑞德下了此承諾，而且說到做到，為的就是把她追到手。

另一方面，郝思嘉為了博得衛希禮的心，也對他坦承愛意：

親愛的！我愛你，我愛你啊！

偏偏衛希禮也有他自己的意圖：

我要娶韓美蘭為妻。

面對郝思嘉私奔的邀約，衛希禮拒絕了。

他打完仗返鄉時，郝思嘉還想第一個去迎接，但奶媽極力阻擋，所以沒能去成。

角色的想望難免有所衝突，目標也並不是那麼容易達成，畢竟故事中總會有人企圖使角色分心、改變心意，甚至從中做梗。因此，隨著人物逐步邁向目標，衝突感也會越發強烈，最後，最高任務才會在高潮揭曉時完成。

至於郝思嘉的結局如何，我們只能等到她「明天」重新開始時，才會知道了（她在電影中的最後一句台詞，就是「明天，又是全新的一天」[Tomorrow is another day.]）。

把態度寫入使命宣言

使命宣言必須與角色的性格相符、要富有創意，如果可能的話，最好也能傳達弦外之音。創作者在起初的幾個版本中，可能會先寫出非常直接了當的任務宣言，然後再慢慢雕琢調整，在保持具體明白的前提下，加入戲劇化的層次與趣味元素。

大衛・托伊（David Twohy）和傑布・史都華（Jeb Stuart）合寫的《絕命追殺令》（*The Fugitive*）中，就有一句很棒的使命宣言。在電影開始不久的第一個轉折點（大約在二十三分處），山繆・傑拉德發現理查・金貝爾在火車事故時越獄，於是說了這麼一句：

逃犯是理查・金貝爾醫師，去！

山繆的宣言非常清楚，讓觀眾能掌握敘事軌跡及劇情開展方向，

知道他會去追捕理查，不過事實上，這句台詞還帶有一點言外之意：山繆大可以說「給我找到他」，命令手下去抓人，或「去把他抓回大牢」這類的說法也行得通，偏偏他就只說了「去」（Go get 'im）一個字，好像對狗發號施令似的，更明確地來說，對象大概是鬥牛犬、德國牧羊犬或獒犬。這些類型的狗咬住什麼後都絕對不放，動作既敏捷又兇狠，而且受過專門訓練，知道該如何發動攻擊，追捕目標。

所以，編劇之所以安排山繆那樣說，是為了凸顯他如鬥牛犬般既堅決又有毅力的性格，並暗示沒有誰會想成為他的目標。要寫出這樣的台詞，作者可能必須數度修改草稿，五次、十次、二十次都有可能，才能確保目標宣言精彩可看，且與當中隱含的譬喻相互映襯。

山繆以名字來稱呼犯人，代表他認為理查是值得耗費心力的對手，所以除了職責上必須把人追捕到案以外，這項任務也成了他嚴正以待的個人目標。一般而言，山繆都是在幾天內就能抓到目標，這樣的記錄不僅為他帶來卓越的聲譽，也讓他有信心能勝任工作。

山繆在電影起初宣告任務後，便開始按程序操作。他知道檢查站該設在哪，因此命令手下照例搜遍當地所有的「雞舍、茅房與狗屋」。他慣用的手法先前都有效，所以觀眾可能會以為他這次也能順利逮人，讓電影再演個大約五分鐘就結束，但此番任務並不像以往那麼簡單，理查決心十足，非得越獄證明自己的清白不可，不是什麼好應付的對手。話雖如此，理查越逃，山繆的策略就越精準，也越能留意自己遺漏了什麼線索。

湯米・李・瓊斯（Tommy Lee Jones）說出「理查・金貝爾醫生」的語氣，強化了鬥牛犬的隱喻，讓使命宣言充滿態度。他在唸「醫生」這個詞時，口吻特別諷刺，暗示他認為「會殺太太的人，算得上什麼

醫生」。編劇寫作時並沒有特別註記該怎麼唸，卻因而賦予了演員發揮空間；而李・瓊斯讀過劇本後，也歸結出山繆平時對於醫生的看法，所以決定如此詮釋。

隨著劇情演進，山繆在追尋目標的過程中，對理查的認識也越來越深，豐富了劇情的層次與色彩。在這部電影中，山繆經歷了態度上的轉變：他一開始認為理查有罪，一定要追捕到案、繩之以法，但在第二幕時，看法卻有所改變，並在第三幕發現犯行的其實是「獨臂人」和尼可拉斯醫生，而不是金貝爾；在這一幕結束時，他便已確定了理查的清白，雖然仍想找到這個人，可是動機已變成要替他洗刷罪名，並將真兇捉拿歸案。

看似簡單的使命宣言，其實發揮了奠定敘事軌跡的功效，也為故事與角色增添了豐富細節，讓山繆在追尋目標的同時，成為更有層次的角色。

那愛情故事呢？

愛情劇很容易落入只有雙方在聊天的窘境，所以比警匪故事更棘手一些。談戀愛時當然會聊天、討論，片中也不免俗地會配上愛情主題曲，以及呈現兩人相愛過程的蒙太奇剪輯片段，當中更少不了牽手、在海灘散步、喝香檳、接吻和對戀人發出親暱聲等各種畫面，各位是不是覺得很老掉牙且欠缺活力呢？角色的目標雖然明顯，但作者常會落入陷阱，安排戀人說些老套無比的沉悶對白，導致故事毫無特殊之處可言，也難以推進。

因此，創作者必須想辦法讓角色脫穎而出，不能只是談戀愛的一

般人而已。譬如在彼得・基雷利（Pete Chiarelli）的《愛情限時簽》（*The Proposal*）中，珊卓・布拉克（Sandra Bullock）飾演的瑪格麗特是以繼續待在美國、不要遭到遣返為最高任務，另一方面，萊恩・雷諾斯（Ryan Reynolds）飾演的安德魯則把升遷視為首要任務，而兩人的目標恰好有所衝突：

> 瑪格麗特
> 我們必須結婚……得趕快去移民局一趟，把
> 這麻煩的小問題給解決掉。

這句台詞在電影開始約十二分鐘後就出現了。接下來，瑪格麗特進一步對安德魯說明她的目標：

> 瑪格麗特
> 規定時間到了之後，我們就馬上離婚；你不
> 爽也沒用，反正在那之前，我們都是同一條
> 船上的人了。

瑪格麗特把任務說得很明白：為了讓她免於遭到遣返的命運，兩人要到移民局去結婚，然後前往阿拉斯加和安德魯的家人共度週末，宣布喜訊。這麼一來，她就能保住美國的工作，不過條件是她必須依照安德魯的要求給予升遷，並出版他的手稿。

這下人物企圖都已經刻畫清楚，任務也說明完畢了。偏偏計畫經常趕不上變化，而這部電影也不例外。

到了第一個轉折點時，雙方的意向都已開始不那麼鮮明，兩人還接了吻，為假結婚計畫掀起波瀾，而他們追尋各自目標的過程也因而多了不少看頭。

在由諾拉・艾芙倫（Nora Ephron）編劇的電影《當哈利遇上莎莉》（*When Harry Met Sally*）中，莎莉也把意圖說得很明白。

莎莉

我們當朋友就好。

哈利

妳應該知道我們不可能做得成朋友吧。男女
之間總會因為上床，而壞了友誼。

結果在這部雙主角的電影中，兩人最後都達到了目標，不僅成了愛侶，也繼續維持朋友關係。

現在的劍橋公爵夫人凱特・密道頓（Kate Middleton）在她與威廉王子（Prince William）的故事中，也抱有類似電影角色的目標。兩人原本只是朋友，一直到凱特在大學的募款活動中擔任內衣模特兒後，威廉才開始以不同的眼光看待她。如果寫成文字，她的目標大概就是「威廉，你給我醒醒，多注意我、約我出去，然後娶我吧」；在某些版本的故事中，她甚至是為了威廉才決定就讀聖安德魯大學（University of St. Andrews），但無論如何，她採取了獨特的策略，接受邀約上台走秀，也成功實現了目標。

釐清動機

山繆之所以會想追捕理查，部分原因是為了維護自己的名聲，同時也是為了讓犯人付出代價；驅使凱特王妃的動力，則是她對威廉王子的喜歡，以及對美好戀愛與快樂婚姻的憧憬。

許多作品中的角色很清楚自己想要什麼，也知道背後的原因，會在說出想望後，努力克服內心的恐懼去追尋。這種目標可以在螢幕上實際搬演，也能透過戲劇元素強化，而完成的那一刻通常就是劇情高潮，不過因為屬於外在層面，所以無法描繪角色的內在狀態，就好像話只說了一半。

人類會想實現生命中的想望，原因常有許多層次，有時，甚至連我們都摸不透自己最深層的動機。有些人感受到慾望後，只知道全盤接受，而不會深入潛意識，瞭解自己為什麼想要。換句話說，外在的動機不難釐清，但內在的原因可能只有當事人知道，而且也不一定會說出口；如果是藏匿在內心深處的慾望，那或許還得靠高明的心理醫生或有智慧的朋友才能挖掘出來。慾望揭曉時，角色常會有所蛻變，因而開啟人生新方向，或制定出更好的新目標；而作者則可能得先剖析動機，再巧妙地以暗示手法一層層地加以重塑，才能流暢地描繪出角色的轉變。

但動機該如何剖析呢？

在謝爾曼・帕拉迪諾所寫的《漫才梅索太太》試播片中，梅索太太原以為她之所以想去喜劇俱樂部，是為了幫助丈夫，支持他成功。但如果真是這樣，她大可以坐在台下看先生表演就好，根本不必寫筆記，所以她內心深處其實藏有一股慾望，而這點，觀眾大概早在她的婚禮上就看出來了。其實，她也想講喜劇，我們看得很明瞭，只是她自己還沒發現而已。

在索金的電影《軍官與魔鬼》（*A Few Good Men*）中，擅長認罪協

商的律師丹尼爾·凱菲無意間聽到了某些資訊，瞭解到自己必須讓手上的謀殺起訴案進入審判階段，而那也是他生平第一次上法庭打官司。凱菲站在法官面前，代表當事人提出無罪答辯時，其實就展現了為正義而戰的決心，而那也正是他在片中的最高使命。

角色若要像凱菲那樣，克服情緒上的掙扎並做出抉擇，身邊通常都會有人提供支持與鼓勵，並督促他們做對的事，而這些人就是約翰口中的「良心要角」（conscience character）；然而，故事中也會有不希望主角改變的「誘惑要角」（tempter character）來與之抗衡。角色一旦下定決心要追尋特定目標後，箝制他們的恐懼也會隨之消散，讓真實的慾望成形浮現。

許多角色都需要外在協助，才能辨明心中真正的渴望，所以在故事中安排一些原則明確的人物，是很不錯的做法。除了要寫得立體、有深度外，也要在性格中注入見解透徹、有智慧、富同理心、有誠信等各種特質，這樣主角如果需要別人從旁協助，突破社會標準與父母教養的層層制約，改正方向以釐清真正想達成的目標，這些角色就能適時地伸出援手。

巧妙帶入背景故事

從上段的例子中，各位應該能隱約看出角色的渴望背後，可能還潛藏著讓他們踏出腳步追尋目標，並看清自我動機的背景故事。凱菲發現，他努力成為認罪協商專家，其實是因為不想被拿來和身為知名訴訟律師的父親比較，換言之，他是怕在父親的成功光環下顯得遜色，所以才故步自封。克服這份恐懼後，他對於職業上的榮譽感，也多了

幾分屬於自己的看法：「誰說肩上一定要有徽章，才能受人敬重呢？」

在多數情況下，動機與慾望都是因為主要照顧者而形成：許多家長會對孩子施以控制，主導他們的發展方向，因而犧牲了小孩自身的價值觀。不少人會因為父母的影響而自我限制，永遠活在舊有的框架之中，但故事要是這麼單調，哪還值得寫？在好劇本中，角色總要離開熟悉的一切，踏出舒適圈，走入未知的世界，然後才會找到自己認同的新理念，或從中發掘成長的機會。

適當傳達角色的首要目標

使命宣言不能寫得太抽象，這點非常重要；即使內含抽象概念，說明上也有難易之分。舉例來說，某些角色追求正義、慈悲或世界和平，某些想實現藝術成就，也有些想獲得尊重、歸屬感或自我實現，更有些想找到愛情、與神建立連結或成為更好的人。

在現實生活中，這些渴望會誘發許多想法，促使我們採取各種行動，但電影對思緒的描繪可能倏忽即逝、不夠深刻，導致觀眾根本不知道角色究竟達成目標了沒：上星期二有感受到神的呼召嗎？還是仍在努力當中？自我實現了嗎？又或者只是在第三幕中，做到了在第一幕沒能完成的某件事？我們又該如何確定這些問題的答案呢？

如果角色的渴望屬於抽象類型，作者應想辦法以明確而實在的手法描繪，譬如安排壞人遭到逮捕、法院做出公正判決、律師打贏訴訟，或貪污情事曝光，來顯示角色對正義的理念已經實現。要想凸顯主角意識的轉變，最好能安排這種具體的情節發展。

若換做是追求藝術成就，則可寫角色贏得比賽，或得獎作品在紐

約大都會藝術博物館展出。作者必須在故事開頭就定義使命宣言，暗示角色達成目標時，將能獲得情感與實質上的滿足，這樣任務達成時，才能與開頭有所呼應。

在《絕命追殺令》片末，理查說：「我沒有殺我太太」，而山繆則回應：「我知道，理查，我知道」，顯示他深入瞭解了理查後，終究發現對方不是真兇，不該起訴。角色實踐任務的過程不一定都得像在《決死突擊隊》（*The Dirty Dozen*）或《星際大戰》裡那麼轟轟烈烈，但無論故事類型為何，角色都必須要有目標才行。

CASE STUDY ─────────────

琳達的說明：下例的場景設定是以中世紀為靈感的魔幻王國，並非史實，所以劇本內含許多一般人不熟悉的字眼，特別容易造成理解上的困難。此外，這一幕中涵蓋了太多任務，用粗體字標出來的都是：

艾德瑪

……我會整頓貝洪之地，趕走那些蠻荒人，讓我的家人不必再像好幾世代以來那樣對付他們。我這次的入侵絕對是前所未見，在這場肅清之後，提恩和烏爾文人就會知道他們時辰不遠，想必會怕得發抖。

一名皇家士兵衝了進來。

士兵

陛下，發現貝洪人。

艾德瑪

怎麼可能！他們從沒到過這麼南邊。

領主三號

有多少人？

士兵

幾百個！

艾德瑪

幾百個都步行嗎？還是有坐騎？

士兵

報告陛下，兩種都有，總共可能有一千人，甚至兩千。**我們必須上戰場摧毀他們，現在就得馬上行動。**

夫人二號

剛才不是說幾百個嗎？現在怎麼變一兩千了？

艾德瑪

別擔心，貝洪人沒有足夠的武器能圍攻城堡，**我們只要稍安勿躁，等著在城門前將他們一網打盡就行了。**

琳達的說明：使命宣言必須明確，才能奠定敘事方向，讓人有跡可循。但在這個例子中，我們卻無法看出接下來的發展，也不知道他們究竟決定進攻還是防守。

約翰改寫版本

約翰的說明： 一如琳達所述，這如果是個重要嚴肅的場景，我大概會通篇重寫，因為原版對角色特性描述不清，也沒有點出任何目標；角色刻畫若不明確，大概也很難闡述意圖。不過我個人覺得這一幕很適合加入笑料，類似蒙提・派森喜劇表演團（Monty Python）或搞笑演員麥克・邁爾斯（Mike Myers）的風格。藉由這個機會，我正好能向讀者展示對白與劇本類型相配的重要性，以及如何為台詞注入趣味。

室內場景 宮廷內 — 白天

領主、夫人、侍從、士兵與弄臣都身穿浮誇的高級服飾，以從小訓練的姿勢站著。

他們誇張地裝出多有智慧的模樣，評論現場哪些人犯了時尚大忌、水晶燈掛得好不好看、上次晚餐吃得如何……而瘋狂的國王也成了話題。

艾德瑪，四十五歲，是此地自以為是的國王，每週都要對寥寥無幾的國民發表演講，而且喜歡言過其實地亂誇海口，滿足眾人情緒上的需求。此刻，他坐在王位上，演講正進行到一半。

站離王位最近的領主一、二號和夫人一、二號正在比較誰的鼻子最高、唇最豐厚，現場的女子也無不爭相對艾德瑪國王擠乳。

艾德瑪

叫我無敵大王！歷史上從沒有像我這麼棒的
國王！別懷疑，我一定會把貝洪人逐出這片
土地！那些外邦人啊，真是野蠻！好幾世代
以來，我的家族都得費心對付他們，但我這

次的入侵絕對是前所未見，由我這種智慧無
邊、無人能敵的國王來領導大家，再適合不
過了，畢竟我對戰爭與侵略之事，比諸位將
軍都還瞭解……

一名皇家士兵衝了進來。

皇家士兵

陛下，發現貝洪人。

艾德瑪露出暈頭轉向的模樣，片刻後才以雷射光般的眼神瞪著
士兵。

艾德瑪

發現貝洪人？怎麼可能！他們從沒到過這麼
南邊。
　　（傾身靠向領主一號）
應該沒有吧？我不記得了……

領主一號

是北邊。

艾德瑪

說啥？

領主一號

我們是在貝洪之地北邊。

艾德瑪

說啥屁話！我現在氣勢正旺，你怎麼敢當眾
拆穿我？

領主一號

（瞇起雙眼）
陛下大人，請原諒。

領主二號

（對著皇家士兵）
有多少人？

皇家士兵

幾百個！

艾德瑪

幾百個？
（驚訝地倒抽一口氣）
步行嗎？還是有坐騎？

士兵

報告陛下，兩種都有，總數可能有一千人，
甚至兩千喔！

夫人二號

（猛挺乳溝）
剛才不是說幾百個嗎？現在怎麼變一兩千
了？我們的酒會不會不夠啊？

艾德瑪

親愛的，別擔心。
（眼光落在她豐滿的雙峰）
對了，妳好面熟啊，那顆痣是新長出來的
嗎？

（看進她的乳溝）

貝洪人武器不夠，是無法圍攻城堡的。

（對著領主一號）

應該不夠吧？

領主一號

陛下大人，您是至上權威，哪有人敢圍攻您呢？

艾德瑪

我們只要稍安勿躁，等在這兒將他們一網打盡就行了。無論在戰場上、森林裡、山丘頂或隨便哪裡，我們都能摧毀那些傢伙，因為我是偉大的國王！放馬過來吧！集中火炮，馬上開始行動！

領主一號

我們沒有火炮，也沒有火藥。軍事預算都拿去做糕餅了。

艾德瑪

你說什麼？

領主一號

我們沒有炮彈，也沒有煤油。

艾德瑪跳了起來，雙臂開始亂揮。

艾德瑪

　　沒有炮彈？真的假的？那大家給我不計代價
　　地保護國王！馬上替我把馬車備好！

艾德瑪衝出宮廷，王袍在他身後飄動，宮廷內充滿了緊張狂亂
的碎唸聲。

Lesson 5

探索衝突

在現實生活中，沒有誰喜歡衝突，但即使大家都想過得快樂又一帆風順，仍難免會遭遇令人不快、而想趕快解決的問題。我們在創作時，必須寫入能引發共鳴的衝突，並安排主角逐步化解，或也可以寫成警世故事，凸顯容易招致自我毀滅的行為。

戲劇性的作品都是從衝突中醞釀而成的，某些創作者偏好歲月靜好、一切安穩的風格，所以不喜歡安排衝突，但各位必須認知到，衝突是戲劇的血脈，讓情節得以推演，所以無論如何都得學著處理。

角色必須認知到自己有多慘，並打從內心深處感受到改變的慾望，戲才唱得下去，而這股慾望也得強到能迫使他們克服情感障礙，毅然決定跨入令人不安的未知領域，這樣一來，角色才能踏上旅程，開始追尋心中的渴求與盼望。

在描繪人物轉變的所有故事中，角色都會挑戰現況以實現改變，或因為遭他人逼迫而不得不改。推翻現狀勢必會引發衝突，在情節中，也總有個反對改變的角色，會在主角下定決心要解決問題，或滿足內心深處的慾望或需求後，製造出種種障礙，企圖讓主角考慮放棄，或直接葬身在追尋目標的過程中。

此外，故事中也常有朋友、家人這類的角色，會想說服主角不要做太危險的事。人之所以會逃避、抗拒改變，原因並不難懂，畢竟即使只是細微的變化，都可能會危及到我們所熟知的一切，所以這種角色的作用，就是在於誘使主角安於現況，而不要踏上困難的改變一途。主角若想達成目標，就必須下定決心、有所轉變，而這樣的決定也通常會連帶影響到前述角色，讓他們因而覺得受到威脅。

　　千萬別踏進那條又黑、又狂暴、又洶湧的河啊，裡頭是什麼東西，誰知道呢！我們要是再也見不到你，可是會很難過的！

　　你可別跑進那個暗黑深洞啊，從沒有誰進去後還能活著出來。我們是沒親眼見過裡頭的怪物沒錯，但相關傳聞可都聽了大半輩子，所以你何必冒險呢？

　　我們一成不變的生活中要是沒有了你，會多無趣啊。

　　這些角色的反對和主角內心的恐懼，在追尋目標的路上都是首先必須化解的衝突，誠如約瑟夫・坎伯（Joseph Cambell）所說：

　　令人害怕的洞穴裡，往往藏著我們最想要的寶藏。

　　即使困難重重、旁人極力反對，寶藏仍會不斷對主角發出呼喚。

　　主角與反對者相互牴觸的目標能豐富情節，使之充滿張力、脅迫感與懸疑，但同時也能在故事中注入希望。

衝突有哪些類型？

　　類型相異的衝突描述方式也不同，以下列舉數例。

衝突可能存在於內心，也就是腦海中有兩個聲音在相互拉扯，情境從簡單到複雜的都有，或許只是無法決定晚上要吃中國菜或墨西哥料理，也或許是不曉得該繼續從事無聊但有保障的工作，還是成為無人資助的藝術家，又或者是週末一方面想去玩，一方面又想待在家放鬆。

多數戲劇都是奠基於關係上的衝突，或是角色間的一對一衝突，可能的情境包括常見的親子問題、老闆與下屬不和、與愛人爭執、和朋友鬧翻等等。

衝突也可以發生於人類與大自然間，譬如角色必須撲滅森林大火、逃離火山爆發現場，或與北極的急凍低溫抗戰；洪水、地震、颶風、龍捲風、狼群和沙漠地形等因素也都會形成危機，試探人類的耐受度。過去就有許多作品，都著重於探討人類面臨大自然的挑戰時，是如何堅毅求生的。

此外，衝突同樣可能發生於角色與科技之間，每當最先進的產品失靈，彷彿在幸災樂禍地笑我們沒用時，許多人便會惱怒地猛捶電腦或智慧型手機、狂罵電腦專家，或拿官司威脅賣出「這鳥東西」的銷售人員。

角色的衝突對象可以是群體，譬如不斷讓士兵陷入危險的小隊、怎樣都不同意加薪的公司、弊大於利的教會或企業夥伴，甚至是存在固有種族、性別或年齡歧視的整個社會。

在某些情況下，衝突是源於將我們引向恐怖未知處的神祕力量，如外星人或衣櫥裡的怪物；另外，我們有時也會覺得上天或宇宙靈力和自己犯沖，導致諸事不順。

衝突無論屬於哪種類型，性質都必須夠私人，才能使讀者或觀眾

感受到共鳴，並深深投入情節發展；至於惡質企業、軍中小隊或壓迫勢力這類的反派，則不妨以單一的人或物來擔綱。

衝突必須具體、明確，不能空泛、抽象，否則效果不會好，譬如「向毒品走私宣戰」就太過模糊籠統，「保護孩子不受社區毒販侵擾」才是夠清楚的目標。

不少人認為衝突最常發生於人際之間，在戲劇創作中尤其如此，但隨著個人電腦與智慧型手機的普及，也有人開始主張人與機器間的衝突才最是頻繁。各位回想看看，電腦不聽話時，你曾多少次對著螢幕自言自語？又是否曾狠摔過手機？

不過機器往往不予理會，還會以被動但帶挑釁意味的姿態反擊，就像在挪揄地說「你求我啊」或「我現在不想」似的，彷彿突然變成了《異形奇花》（*The Little Shop of Horros*）中那株嗜血盆栽，張口大喊：「餵……我！」，又或者是以Google地圖那有自信的女聲說出：「朝預定路徑出發」後，卻把你帶到離目的地八十公里遠的地方，任憑你把這輩子知道的髒話全都罵光也沒用；就算是從不罵髒話的修女，也一定知道我描述的那種窘境。

單一行為並不會引發衝突。角色之所以會有特定行徑，多半是起因於個人背景，換言之，各種行為間都存在關聯，更與其心理狀態密不可分，所以背景故事會持續影響角色的選擇。當然，有些人就是能在大家都嚇得雞飛狗跳時，仍處變不驚，這種人就不適合放進故事裡；相反地，我們可以選擇描寫童年困苦而比較有反應的角色，這樣才能從中激發出精彩的戲劇效果。

從混亂到有序

以本質而言，戲劇的重點在於化解衝突的歷程。有時候，故事起初一切正常、順利又安好，卻在某起事件爆發後陷入混亂；也有些創作者會在一開始就安排動亂，再慢慢推演出解決方法。無論採取何種安排，主角對自身渴求與盼望的追尋，都會致使衝突產生，而故事線也會隨著消弭衝突的過程而開展。

就外在情節（也就是主角的外在經歷）來說，衝突是不可或缺的元素。我們可以安排主角和敵對勢力發生爭執，看法不同的角色都想證明己見，但重要的是，要把對立雙方寫得勢均力敵，且所執觀點也都要有點道理，否則大家可就吵不成了。創作者即使不認同筆下人物的想法，仍得深度刻畫角色性格；不過，倒可以安排局勢往另一邊倒，讓自己同意的觀點勝出，畢竟我們創作，就是為了傳達理念嘛！

凡事都有對立面

對立是衝突的起源，而任何觀點都有正反兩面，畢竟人類活在千變萬化的相對宇宙中，沒有什麼價值觀能單一而絕對，舉凡上下、內外、冷熱、頭尾、男女、黑白、光影、美德與罪行、謙遜與驕傲、善良與嫉妒、貞潔與慾望、自制與貪食，都是相反的概念。

不過每一組的兩個極端概念間，其實都有一道連續光譜，換句話說，我們並不是活在只有黑白、男女或非善即惡的二元世界，只是人在心理及情緒因素的交互作用下，很容易有這樣的錯覺罷了。事實上，人類世界非常複雜，故事情節與角色性格中也有許多灰色地帶，如果只把人物分成好壞兩種，那大概就只剩羅伊・羅傑斯（Roy Rogers）

作品裡那種平板而制式的角色可用，對白也會顯得太過直接，欠缺迂迴隱晦之美。

　　一如棍子有左右兩頭、電池有陰陽兩極，角色也會傾向不同的極端，但仍是處於中間的連續光譜，有些會歷經轉變，有些則維持現狀，而創作者必須認知到這點，巧妙斟酌細微的性格差異，並適當搭配奧妙而複雜的人格特質，才能建構出立體度，避免人物太容易被摸透。

　　山姆・謝普（Sam Shepard）的劇作《烈火家園》（*Curse of the Starving Class*）中有一段獨白，是衛斯頓在述說老鷹俯衝而下，抓住公貓後又再直衝天際，而他兒子衛斯理繼續說完了這個故事：

> 兩隻動物在半空中開始打鬥，貓往對手胸口猛抓，老鷹則企圖放手讓貓墜落。公貓一放手就會墜地身亡，所以決定把老鷹也往下拖，即使這麼做大概也難逃一死，仍在所不惜。

　　這段話描述的，就是不可抗拒之力對上毫不動搖的角色時，兩者間所產生的矛盾。在精彩的作品中，作者常會探討輸家敗下陣來的時間點與原因；反之，如果情節中的一切毫無改變，則代表角色沒有任何進步或領悟，這種故事則通常都是悲劇。

透過對白製造故事衝突

　　衝突必須在故事早先就安排好，以愛德華・阿爾比（Edward Albee）的《誰怕吳爾芙》（*Who's Afraid of Virginia Woolf*）為例，在劇作和電影改編版中，衝突都以十分多樣化的形式呈現，嘲弄、挪揄、插嘴、堅持己見、嚴正要求、自我防備、失控暴吼、冷言冷語都有，而兩名主角也從彼此誘騙、挖苦，到互相炮轟，最後甚至連對方在說

話時，都自顧自地繼續講。

這齣劇與改編電影的首要主題，在於揭穿美國式完美婚姻的假象，而兩名主角正是以最早的經典美國夫妻喬治和瑪莎命名，以做為隱喻。阿爾比呈現了兩人相互依存、彼此囚禁的關係，讓我們看見美國所謂的「完美婚姻」其實是多麼地薄弱。

在戲中，喬治直接在大門外訓斥瑪莎，說她喝醉講話太大聲，而瑪莎也不甘示弱地回嘴，挪揄他只要遇到不在計畫中的事（譬如她邀請在學校認識的夫婦半夜兩點到家裡喝酒），就會氣急敗壞。喬治在大學教歷史，而瑪莎正是那所學校的校長之女。面對缺乏野心的先生，她已不再抱有期待。

劇中明顯呈現出喬治和瑪莎相互依存，但同時對彼此抱有敵意的情緒，讓觀眾從一開始就能看出兩人已多次翻臉。他們始終生不出孩子，所以都相當失望，也因此偷偷想像出一個不存在的嬰兒做為精神支柱，畢竟在那個年代，影集《妙爸爸》（*Father Knows Best*）中那種兒女滿堂的生活可說是眾人追逐的文化典範，所以幻想破滅的他們只能以此自我安慰。

然而，瑪莎動不動就祭出的長篇訓斥以及她父親的壓迫，都讓喬治十分厭倦，不想再繼續假裝沒事，想釋放真實的自己。於是，他戳破了幸福家庭生活的虛假泡泡，也因為知道瑪莎個性好鬥，所以誘使她參與這段對話，進而開啟了一整晚的衝突。

當時，兩人剛從每週一次的社交晚會返家，而這項活動，正是在她那令人倍感壓迫的父親家舉行……

瑪莎：親愛的，再幫我倒一杯酒。

喬治：天啊，妳未免也喝太快了吧？

瑪莎：（用娃娃音）人家很渴嘛。

喬治：我的老天啊！

瑪莎：親愛的，管他媽的是在哪張桌子底下，我都能喝……所
　　　以別擔心我！

喬治：瑪莎，我好幾年前就說過了，如果世界上有「討人厭大
　　　獎」，那妳肯定……

瑪莎：我告訴你，你當時要是在的話，我絕對會跟你離婚……

喬治：我只求妳站好而已。這些都是妳的客人欸，而且……

瑪莎：我根本連你的人影都見不到，這麼多年來都是這樣……

喬治：……要是妳昏倒、嘔吐或怎樣的話……

瑪莎：……你根本是一片空白，就像密碼一樣……

喬治：……而且拜託妳把衣服穿好，妳這樣真的很噁心，才喝
　　　一兩杯，裙子就要掀到頭上了……

瑪莎：……一切都是空……

　　阿爾比透過這段對白，說明了這段夫妻關係的現況。喬治和瑪莎的每句話都推升了衝突，而且兩人各講各的，完全不顧彼此在說什麼。台詞以書面形態呈現時，最後都以刪節號結尾，就是為了凸顯這種對話模式；而演員實際在唸對白時，則必須與演對手戲的角色有所重疊，但不能蓋過對方。

　　另外，兩人對彼此也毫無回應，就好像各自在發表演說似的。瑪莎的獨白內容和喬治說的話毫不相干，而他也只是自顧自地叨唸，換句話說，這段對白的作用並不在於溝通，而是為了凸顯角色性格與他們之間的關係。

　　透過對白的呈現，阿爾比清楚點出喬治比較願意聽瑪莎說話，譬

如喬治在唸某些比較長的台詞時，飾演瑪莎的演員便會做些富有戲劇效果的舞台動作，以顯示她沉溺在自己的思緒當中，同時也讓喬治有時間說完。

在接下來的這一幕中，角色則開始布局，讓故事逐漸進入核心：

大門門鈴響起。
瑪莎：派對！派對要開始囉！
喬治：（兇狠）真是太期待囉，瑪莎。
瑪莎：去開門。
喬治：自己去。
瑪莎：你給我去。
喬治不予理會，門鈴又響了一聲。
瑪莎：（大喊）請進！（對著喬治怒吼）我叫你去開門你聽到了
　　　沒！

這時，喬治已準備好要提起他們幻想出來的小孩，也知道瑪莎一定會落入陷阱。

喬治：（走到門邊）好啦，親愛的，妳要我做什麼我都照辦，
　　　我只求妳別再提那事了。
瑪莎：那事？什麼事？你在說什麼？為什麼這樣講話？
喬治：就那件事啊，拜託妳千萬別提，這是我唯一的要求。
瑪莎：你講話糊里糊塗地，他媽的是在模仿學生啊？你想怎
　　　樣，到底在講什麼事？
喬治：我只求妳不要提起那孩子的事。
瑪莎：你怎麼敢這樣跟我說話？
喬治：我對妳已經太客氣了。
瑪莎：是嗎？我管你咧，孩子的事我想講就講。

喬治：不要把孩子扯進來。

瑪莎：他也是我的孩子，所以如果我想講，誰都管不著。

喬治：瑪莎，我建議妳不要這樣。

瑪莎：隨你怎麼說。（有人敲門）請進！（對著喬治咆哮）反正
　　　現在給我去開門就對了！

喬治：可別說我沒給妳忠告喔。

瑪莎：隨你怎麼說。現在馬上就去開門！

　　喝醉的瑪莎上勾後，便開始和喬治猛鬥，卻沒注意到他的情緒有所轉變，只是假裝順從而已。這段婚姻中的大權似乎掌握在瑪莎手上，但其實喬治才是最後在權力爭奪中一舉翻身、拿下勝利的那一方，不過他也是經過三小時的鋪陳推演後，才打贏了這場仗啊！

透過對白解決故事衝突

　　以喬治和瑪莎的情況而言，衝突並不會有明確的解決方式，而珍・安德森（Jane Anderson）作品《愛・欺》（The Wife）中的喬（Joe）和瓊安（Joan）也和他們一樣，藏著連孩子都不知道的祕密。以小說家為職的喬享譽全球，但其實都是因為有瓊安偷偷在背後撐腰，把他枯燥乏味的文筆與想法化為精彩作品，他才能贏得諾貝爾文學獎。

　　但喬則把成就全部占為己有，能得獎明明是瓊安的功勞，他卻連暗示性地讚美她的藝術貢獻都不願意。文學界素來歧視女性，所以或許她之所以下嫁，就是為了讓作品有機會出版，即使是掛別人的名字也不在乎；但也或許她確實愛過他，又或者兩人根本是迷戀老師的學生遇上自認寫作天才的自戀狂？

　　瓊安最後之所以爆發，是因為喬稱她為「不從事寫作的幫手」──

和這個幾乎毫無優點的傢伙共同生活三十年後，她終於忍無可忍了。瓊安的作品雖以喬的名字獲得了最高榮耀，但她仍決定撒手投降，衝出典禮現場。他追了上去，兩人一同搭車返回飯店：

瓊安在發抖，喬搓搓她的手臂。

喬

回飯店後妳趕快換衣服，然後我們再回去快速露個面，就可以解決這整件鳥事了。

瓊安

喬，我要離開你。

喬

妳說什麼？

瓊安

我不能再這樣下去了。

喬

拜託，太誇張了，妳只是說說而已吧。

瓊安

你不用假裝生氣、心痛或驚訝，因為你根本就沒有這些情緒。

喬

我知道妳不希望我在發表感言時感謝妳，但妳覺得我說那些話全是為了作秀嗎？我說的每個字都是真心誠意，妳也多少感激我一下吧？

瓊安

感激你什麼？

喬

感激我愛妳啊。

瓊安

天啊，你未免太離譜了。

喬

又怎樣了？

瓊安只是搖搖頭，望向窗外。喬從盒子裡拿出諾貝爾獎章遞給她。

喬

喏。

瓊安

我不要。

喬

這應該是妳的。

瓊安

我說我不要。

喬

妳不要再這麼固執了，拿著吧，拿著！

瓊安

這是你的，喬，全部都是你的。

喬

我才不想要這鳥東西！

喬舉起獎章丟出窗外。

獎章飛出窗外，象徵兩人的祕密就此終結，而因為這個祕密而得以維繫的婚姻，也隨之毀滅。值得注意的是，角色透過台詞呈現出內心的激動，而台詞又與他們的舉動相互呼應，成就了這一幕的效果。

接下來的場景則帶出許多戲劇張力十足的細節，讓觀眾發現兩人根本絕口不提這個祕密，事實上，喬仍不願面對他與瓊安的合作方式，不僅承受極大的壓力，最後還因而心臟病發身亡；至於瓊安雖如願成了藝術家，卻始終無法獲得喬的公開認可，偏偏喬又是她生命中唯一的導師，所以到頭來也可說是一場空。

透過衝突傳遞主題

每個人創作時，都該要有主題，否則說故事有什麼意義？作者想傳達什麼訊息、探討什麼議題，都值得我們關注，是《春風化雨》（*Dead Poets Society*）中的守舊與創意之爭，還是《梅岡城故事》（*To Kill A Mockingbird*）裡的正義力拚偏見，又或者是《漫才梅索太太》所呈現的傳統對上解放？

亨里克・易卜生（Henrik Ibsen）的劇作《玩偶之家》（*A Doll's House*）同樣是探討傳統與解放之爭。在故事最後，諾拉拋下丈夫、甩

門而出，門砸上的聲響，大概在全世界的女性主義者心中，都引發了
震盪。

> 諾拉：一切都結束了，我把鑰匙放在這。家中的一切女傭都
> 　　　很清楚，知道的比我還多……
> 海爾默：結束了……都結束了嗎！諾拉，妳不會再想起我了
> 　　　嗎？
> 諾拉：我會經常想你、想孩子和這個家的。
> 海爾默：諾拉，我可以寫信給妳嗎？
> 諾拉：不行，絕對不行。
> 海爾默：那我至少可以寄個——
> 諾拉：不准，什麼都不許寄——
> 海爾默：妳有需要的話，就讓我幫幫妳吧。
> 諾拉：不可以，我怎麼能收陌生人的東西呢。
> 海爾默：諾拉，難道我對妳來說，就只是個陌生人而已嗎？
> 諾拉：（拿起包包）托瓦德，最美好的事一定會發生的。
> 海爾默：什麼叫最美好的事，妳告訴我！
> 諾拉：我們都必須徹底改變，這樣的話——唉，托瓦德，其
> 　　　實我已經不相信會有什麼好事發生了。
> 海爾默：但我信啊！妳告訴我，我們都必須徹底改變，然後
> 　　　呢——？
> 諾拉：這樣我們才可能經營真實的婚姻關係。再見了。
> 諾拉從大廳離開。
> 海爾默：（跌坐到椅子上，雙手搗臉）諾拉！諾拉！（環顧四周，
> 　　　站起身來）走了，她真的走了。（他心中閃過一絲希
> 　　　望）最美好的事——？
> 外頭傳來門甩上的聲音。

作者以主題、情節與角色這三大基石來建構故事，藉此闡明重點。角色的決定驅動了情節發展，進而傳遞主題，構成了作品的外在層面；而角色的情緒歷程則塑造出故事的內在層面，加深了觀眾對主題的瞭解。

壓抑於對白中的衝突爆發成實際行為

有時，衝突不會直接擺在檯面上，觀眾或讀者可能需要一些時間才看得出來。舉例來說，塔倫提諾的《惡棍特工》（*Inglourious Basterds*）就描繪了目的有所衝突的兩名角色。

納粹武裝親衛隊中校漢斯・藍達奉希特勒之令，要搜出法國南部農業區的猶太人全數殲滅，而法國農夫皮埃爾・拉帕提則在地底下藏了一個猶太家庭（以下這幕演到一半時才揭曉）。他和這家人是鄰居，希望能保全他們的性命。

反派角色藍達在本幕登場，象徵高效率納粹殺人機器的他，在開演不久後就為故事埋下了衝突的伏筆。在恬靜的鄉村場景中，納粹武裝親衛隊中校光是出現，就十分令人害怕，且帶有不祥意味。塔倫提諾正是利用這種不協調與不確定感，以及帶有惡兆的氛圍，來堆積出緊張的局面。

要想營造這種效果，光靠對白並不夠。乍聽之下，角色的台詞似乎枝微末節，談的無非日常小事，但由於角色觀點對立、對彼此暗懷恨意，藍達又高高在上，說話常含沙射影，再加上觀眾對歷史有一定的認識，所以對白其實充滿張力，讓場面顯得戲劇化又緊繃。

藍達和軍隊隨從抵達農村下車後，原本在砍殘株的拉帕提停下手

邊的工作，要女兒去提些水讓他清理一下。

茉莉將臉盆裝滿水後，放在窗台上。

茉莉

爸，好了。

拉帕提

謝啦，乖女兒，那妳現在進去照顧媽媽吧，
可別亂跑喔。

拉帕提叫女兒別亂跑時，情緒雖然收斂，不想讓敵方起疑，但話
中其實暗藏警戒，彷彿在預示危機即將爆發——就好像不諳野外環境
的人遇到灰熊擋路似地，雖然知道不該直視熊的眼睛，卻也無法完全
撇頭不看。

藍達逕自走入屋內，拉帕提跟在後頭把門關上，妻子與女兒則站
在廚房，對藍達微笑。

拉帕提

藍達中校，這是我妻小。

武裝親衛隊中校藍達立正併腿，鞋跟互擊敲出聲響。他拉起拉
帕提太太的手……

藍達中校

夫人好，我是武裝親衛隊的中校漢斯‧藍
達，很樂意為妳效勞。

他吻過她的手後，卻一直抓著不放……

藍達中校

請原諒我無禮地擅自來訪，打擾了。

拉帕提太太

中校先生，你太客氣了，一點都不打擾。

藍達仍未放手，還直盯著她的雙眼……

藍達中校

拉帕提先生啊，我在村裡聽過一些關於你家
的謠言，看來都是真的，你太太確實非常漂
亮。

他的眼神離開拉帕提太太，落到三個女兒身上。

藍達中校

而且你女兒也是一個比一個美。

　　在這番互動中，塔倫提諾並未直接切入重點，反而讓角色先自我
介紹，似乎打破了對白寫作的基本規則，畢竟我們通常是比較不建議
使用口頭介紹的。但事實上，這一幕的對白與畫面密不可分，並不是
乍聽之下那麼簡單。

　　藍達操著流利的法語對談，意在凸顯他的中校地位，還故意併攏
腳跟敲出聲響，以經典的納粹作風再次強調軍階。他嘴上雖說抱歉打
擾拉帕提一家，卻不顧人際界線地牽起夫人的手，以占有的姿態握住
不放，還色瞇瞇地盯著她看，連女兒都不放過。他這樣的舉動，都再
再讓人想起拿著機關槍等在屋外的納粹士兵。

拉帕提盡責地想當個好主人，所以請太太替中校倒酒，但他的好意款待卻又讓對方逮到唱反調的機會。藍達說想喝牛奶的口氣雖然有禮，臉上卻掛著優越的笑容。

　　接著，藍達請拉帕提把妻小送到屋外，又要求以英文溝通，觀眾看到後面，就會知道這是為了避免旁人聽懂他們在說些什麼（躲在地下室的猶太家庭只會法文）。最後，藍達拿出筆記本，攤開放在拉帕提家的餐桌上，掌握了整個空間的主控權。

　　拉帕提很清楚來者是誰，這點藍達也明白，但仍要求他把知道的都說出來。

藍達中校

拉帕提先生，我對你們一家瞭若指掌，但不確定你知不知道我是誰。你聽過我這個人嗎？

拉帕提

聽過。

藍達中校

很好。所以你知道我在法國的任務是什麼嗎？

拉帕提

知道。

藍達中校

那不如你把知道的都告訴我吧。

拉帕提

我聽說元首派你來搜捕在法國藏匿或偽裝的
猶太人。

藍達中校

（微笑）

你說得比元首本人還清楚呢。

　　藍達表面上是提議，實則巧妙地命令拉帕提把知道的都說出來，
藉以奠定權力關係，企圖展示權威的人經常會這麼做。事實上，藍達
此行的目的就是要逼拉帕提親口說出他「猶太獵人」的身分，而這段
對白也讓緊張感加倍飆升。

　　這整幕的寫作手法十分高明，替我們做了完美示範：若能設定相
互衝突的目標，那麼即使是透過看似單純、普通的對白，也能說明角
色間的關係。拉帕提每次想迴避中校巧妙的質問，藍達都會說出確切
的答案來壓他，不僅讓觀眾獲得所需資訊，也達到推進情節演進的功
能。

　　劇情在搬演時，觀眾大概一直覺得有什麼事怪怪的，好像不是表
面上看起來的那麼簡單；到了本幕最後，答案終於揭曉──沒錯，餐
桌下方就躲著一群猶太人。這個家庭唯一的倖存者設法逃出後，整部
片都在計畫著復仇大業。

　　就上述的幾個例子而言，《誰怕吳爾芙》和《愛・欺》的對白直接
披露了角色間的衝突，《惡棍特工》則是暗濤洶湧，但兩種手法呈現的
對白都十分流暢，沒有停滯不前之處。

停滯不前的對白

對白若在原地踏步，即便當中含有衝突，仍無法達成推進故事與勾勒角色性格的功效；要是缺乏這兩項功能，那對白寫得再怎麼風趣伶俐，也難以撐起故事，畢竟篇幅寶貴，我們可沒時間岔題，扯些與情節無關的爭執。

吵晚餐要吃什麼的對白，就很容易停滯不前，譬如：

吉兒：我訂了披薩。

傑克：妳不是要做肉捲嗎？我辛苦工作了一整天，心裡想的都是晚餐能吃肉捲，結果竟然只有披薩？

吉兒：你抱怨夠了沒啊，不然整個披薩都給你吃啊，高興了吧！

傑克：妳想害我麩質過量中毒是不是，我才不要吃什麼鳥披薩咧！

吉兒：隨便你，反正我自己要訂高級壽司來吃，而且要刷你的藍寶石信用卡。

傑克：不准！！

就這樣，兩人大概會一來一往地繼續吵下去。這種瑣碎的夫妻鬥嘴即便是起因於潛藏的壓力或內心深處的私人問題，也很難對情節有所貢獻；假設作品重點在於隔壁鄰居可能是連續殺人魔，那麼這種「衝突」會拖延故事發展；再者，如果這段爭吵根本與角色面臨的危機無關，則上幕就會成為故事脈絡中突兀而毫無意義的橋段了。

各位務必切記，好的對白必須能帶出衝突、推動情節、勾畫人物，讓觀眾或讀者想繼續看下去才行。

CASE STUDY ————————————

琳達的說明：這個場景出現在第三幕之初，描述帕克認為自己有機會在一英哩的賽跑中打敗喬斯，因而決定發出戰帖。喬斯是郡上前二強的運動員，無論在社交或運動表現上，都是帕克高三那整年的宿敵。

室內場景 更衣室內 — 下午

帕克走到伊凡斯教練的辦公室外，敲了敲門。

> 伊凡斯教練
>
> 誰啊？請進。

帕克打開門，伊凡斯教練坐在桌旁。

> 帕克
>
> 我有個重要的問題想問，能跟你談一下嗎？

> 伊凡斯教練
>
> 你很急嗎？

> 帕克
>
> 有一點……我想加入田徑隊，不知道你同不
> 同意。

喬斯從門後發出笑聲。帕克把門再打開了一點，才看見喬斯坐在那兒，想必剛才在跟伊凡斯教練說話。

> 喬斯
>
> 帕克啊，你跑來做什麼？這裡是校隊更衣室
> 欸，你不屬於這裡，懂不懂啊？

伊凡斯教練

（對著帕克）

你應該在季初就來甄選的。這一季根本沒剩多久，隊員名單也早在好幾個月前就已經定了，所以現在真的來不及。我之前就說過了吧，選手陣容已經排定，而且大家正在準備聯賽，我得專心訓練隊上最優秀的成員，沒時間照顧新人。再說，你是能參加什麼項目呢？

帕克

我最近每天都大概會跑十英哩，所以應該可以參加一英哩的甄選。

喬斯站起身來，朝帕克走去，好像要攻擊他似地。

喬斯

你給我出去，一英哩賽跑是我的項目，沒有人能贏過我。你是不可能選上田徑隊的，聽到沒？

帕克

教練，拜託，只要讓我跟著其他一英哩賽跑的選手一起訓練就好，我會證明我辦得到，反正你也沒有損失啊，對不對？而且你怎麼知道我沒進步呢？我剛才也說了，我每天都在練習，已經好幾個月了。

喬斯開始把帕克往外推。

伊凡斯教練

喬斯，你坐下！

喬斯回頭看了伊凡斯教練一眼，好像腦子被狠揍了一拳似地，表情十分訝異，但終究退離了帕克身旁。教練看著喬斯，但嘴裡對帕克說話。

伊凡斯教練

你想和一英哩賽跑的選手一起訓練，想給喬斯一點競爭壓力是吧？這都沒問題，但我話先說在前頭，我們聯賽的選手都已經決定好了，知道嗎？

帕克

知道，教練，太謝謝你了，教練，我不會讓你失望的。

琳達的說明：這個場景含有許多潛在的衝突，但若想充分發揮，應該要使用諷刺、機智的簡短對白，而且往來速度要快，並多加凸顯角色的態度才行。

約翰改寫版本

室內場景 更衣室內 — 下午

帕克大步走到伊凡斯教練的辦公室外，敲了敲門。

伊凡斯教練（尚未出現在畫面上）

誰啊？請進。

帕克打開門，伊凡斯教練坐在桌旁。

伊凡斯教練

是帕克啊，你想幹嘛？

帕克

能跟你談一下嗎？

伊凡斯教練

你很急嗎？

帕克

我想加入田徑隊。

未出現在畫面上的喬斯發出笑聲。帕克把門再打開一些，才看
見了他。

室內場景 伊凡斯教練的辦公室內

喬斯

滾出去啦，帕克。

伊凡斯教練

（對著帕克）

現在已經太晚了。

喬斯站起身來，朝帕克走去。

　　　　　　　喬斯

帕克，你給我出去。

　　　　　　　伊凡斯教練

（對著帕克）
你應該季初就來甄選的。

帕克
但我當時沒辦法，而且我最近一直在訓練。

　　　　　　　伊凡斯教練

不好意思，帕克，來不及了。

　　　　　　　喬斯

滾出去！

帕克硬是推門擠入辦公室

　　　　　　　帕克

教練，拜託，只要讓我跟著一英哩賽跑的選
手一起訓練就好，我會證明我辦得到。

喬斯開始把帕克往外推。

　　　　　　　伊凡斯教練

喬斯，你坐下！

喬斯退後，伊凡斯教練看了他一眼。

伊凡斯教練

（對著帕克）

你想和一英哩賽跑的選手一起訓練是吧，可
以，但我們聯賽的選手都已經決定好了。

帕克

沒問題，教練。

帕克衝了出去，喬斯則看著伊凡斯教練。

喬斯

現在是怎樣？

伊凡斯教練

你專心打敗邁爾斯就是了。

約翰的說明：對白若要能展現衝突，角色對談就必須快、狠、準，畢
竟誰在捍衛自身立場時，會乖乖坐在那兒，聽別人長篇大論呢？因此，
爭執得要迅速有力、擲地有聲，並快速推演出結論才行。

Lesson 6

傳遞主題

　　好的故事必須言之有物，當中的主題或許具有激勵、啟發的效果，能帶出人心最良善的一面，但也可能暴露出我們最醜陋的樣貌。主題的作用在於探索人類的本質、對意義與價值的追尋，以及該如何企及更理想、快樂的生活。

　　不過，電影是透過畫面與人物特質來傳遞主題，與演講、布道、專題著述與討論都不同。如果故事以「信任」為主題，那麼當中的片段多半會用於呈現主角如何學會相信他人的過程，而不是讓觀眾看角色把這個概念掛在嘴上空談；在以追尋愛情為首要主題的故事中，則會安排兩名可能擦出愛火的角色互動發展，並以他們學習互信的歷程為細部主題，最後再讓兩人親吻、舉行婚禮，或因彼此信任而產生感情後結合。

　　要想傳遞主題，不能空口談，而是得安排角色成長、改變，從而影響情節發展。主題光用說的，很難使人信服，但如果是在劇情的進程中，透過一兩句話，以明說或暗示的手法歸結或解釋道理，那通常就能留下深刻的印象，讓人事後回想起來時，仍感到心有戚戚焉。這

樣的安排能闡明故事目的，避免觀眾或讀者在各種訊息的轟炸之下，難以分辨是非黑白。

故事主題可以從反面傳達，方法是讓角色說出觀眾不會同意的對白。在史丹利‧韋瑟（Stanley Weiser）的《華爾街》（*Wall Street*）中，葛登‧葛克就有句著名的台詞「貪婪是美德」（Greed is good）。這自私的說法傳遞出角色的個人信念，但其實電影意在鼓勵我們採納與他相反的價值觀；此外，主角巴德也會學習到貪婪其實並不可取，讓觀眾透過他的行為與經歷深入瞭解主題。

在《華爾街》中，巴德的情緒曲線受到他的抱負與誠信左右，而他之所以會改變，正是因為越發高升的正義感，壓倒了他因為野心過於強烈而失衡的價值。巴德的父親卡爾是約翰口中的「良心要角」，琳達則稱他為「穩定中心」，但基本上意思是一樣的。卡爾將巴德往正義的那一端推，反派角色葛克則象徵「貪婪」這個首要主題，不過，巴德即使因自卑而極欲證明自己，且經歷了情緒的高低起伏，最終仍將失衡的價值觀拉回正軌，呈現了「正直」這個細部主題。

另一方面，主題也可從正向角度呈現，作者可以在台詞中寫入有意義、有智慧的見解，藉以傳達自己、角色，甚至是觀眾或讀者的價值觀；換言之，想講什麼道理，透過人物之口直接說出來就是了。人之所以寫作，通常都有特定原因，而故事能傳遞創作者對人生的重要信念，讓我們看完後變得更好、更明智、更體貼有同理心、更堅強勇敢或更善良。

偉大的電影能改變人生。數年前，羅賓‧威廉斯（Robin Williams）在訪談中告訴琳達，許多人看完《春風化雨》後，辭掉了沒有發展的工作，所以非常謝謝他。這些觀眾想把握時光，活出精彩人

生，羅賓也都給予祝福：「兄弟啊，祝你順利！」

　　有時，作者會安排主角或配角以簡單直白的方式說出主題，譬如二〇〇二年的《蜘蛛人》（*Spider-Man*）就是個很明顯的例子。在片中，叔叔一角說了一句「能力越強，責任越大」（With great power comes great responsibility），而蜘蛛人在接下來的多部電影中，都一再領略到這個道理，因而成長蛻變，終於成為願意兼顧權力與責任的英雄。

　　多數人都曾因朋友、老師、家長或高人的一兩句話，而經歷了生命的轉變。這種智慧雋語之所以會留存人心，是因為符合聽者當下的「需要」，但他們是否「想聽」，可就不一定囉！

　　舉例而言，《刺激1995》（*The Shawshank Redemption*）中的瑞德曾說：「朋友啊，心懷希望可是很危險的。」（Hope is a dangerous thing, my friend）；《星際大戰》中的歐比王說：「路克，使出原力。」（Use the Force, Luke. 其他人都說「願原力與你同在」May the Force be with you.，就他例外）；而《阿甘正傳》中（*Forrest Gump*）的阿甘則引用母親的話：「我媽總說人生就像巧克力，你永遠不知道會拿到什麼口味。」（Mama always said life was like a box of chocolates. You never know what you're gonna get.）

　　這些台詞之所以能讓人記得，是因為長度僅一兩句話，而且內容幽默風趣，或者獨一無二。對白不能反覆重申主題，而是要像上段的例子那樣，寫得簡短巧妙，同時切中要點，說完後就淡出，觀眾才能慢慢消化、體會。

　　大家都想從作品中看出主題，但沒有誰希望角色時時把道理掛在嘴邊，創作者必須十分留意這點。不過，主題雖然可以隱晦、優雅，也能富有詩意、情緒，仍須闡述得夠清楚，否則眾人欣賞故事時，就

會一直處於「現在是什麼狀況」、「這是什麼意思」的疑問當中囉！

以相反視角呈現主題

在某些故事中，作者會以兩種不同的觀點來呈現主題，換句話說，就是由兩名角色來象徵正反兩面。

舉例來說，《亂世佳人》的小說與電影版都呈現了「舊南方」（Old South）那種棉花為王、生活無慮的迷思。電影一開始，畫面上放映了這段上捲的字幕：

> 從前有片騎士與棉花田之地，名為舊南方……那美好的世界，曾是英豪之氣僅存的地方……但現在也只能在書裡讀到了。那兒的一切猶如夢境，僅存於記憶之中，舊南方的文明已隨風而逝……

原著小說的作者米契爾意在指出神話般的「舊南方」已不復存在，是「隨風而逝」的往日塵埃，因此在故事中創造出一群英勇的南方聯邦軍士兵，以象徵舊南方。即使美國南部的傳統生活奠基於奴隸制度，他們仍認為應該要予以保留，因此不斷爭取。

但另一方面，也有白瑞德這種看透問題的角色。他經常對「愚蠢的聯邦軍」發表憤世嫉俗的評論，藉以傳達自身想法：

> 白瑞德
> ……對於注定失敗的事，我最無法抗拒
> 了……尤其是真的毫無希望的那些事。

如果著迷於舊南方這個概念，大概能與南方人感同身受，甚至渴

望回到那個由上流社會主宰的神祕太平盛世；但若覺得大家把那時代形容得言過其實，則可能會支持為統一與廢除奴隸制度而戰的北方軍。當然，這個史詩般的故事中並沒有太多「該死的洋基佬」，雖然並不是沒有，但通常都淪落至中槍這類的下場，譬如膽敢闖入郝思嘉鍾愛莊園的那一個就是如此。

一般而言，編劇會在第一幕（約莫電影的前三十分鐘），或是第一個轉折點闡明主題（此時劇情已開始發展，有助在第二幕探討主題）。之後，主題也通常會在第二個轉折點前後或電影尾聲，以其他方式再重申一次。

在尼可拉斯‧馬丁（Nicholas Martin）寫的《走音天后》（Florence Foster Jenkins）中，梅莉‧史翠普飾演的芙蘿倫絲說：「大家可能會說我歌唱得不好，但沒有人能說我連唱都沒唱！」這句台詞凸顯出她雖然沒有天生好嗓，卻仍充滿決心，對音樂十分投入；而整部片的主題則是「不管別人怎麼說，一定要追求所愛」，或「人都要追尋讓自己快樂的事」。

以角色在故事中的進程傳遞主題

許多作者會太過強調關於主題的討論，因而過於淡化能印證主題的行為與事件。事實上，主題是在連續性的過程中逐漸拓展開來的，以帶有正向主題的故事而言，主角可能會歷經轉變，並隨著情節發展，瞭解到作者想透過主題傳達的道理。在這類型的作品中，主角一開始常會處於價值失衡卻不自知的狀態。

主角都有目標想追尋，所以難免會遇到兩難的情況，進而踏上探

索主題之路，並面臨挑戰，導致原有的信念遭到反轉，因而觸發價值觀的改變，呈現出主題的內涵。事實上，角色在追尋之旅中若沒能變得更堅強、勇敢或明智，那通常很難真正達成目標。

舉例來說，故事主題或許是挺身面對或擊退種族歧視，也可能是站出來對抗貪汙或為正義而戰，但無論如何，主角總得克服潛意識中的某些偏見，才能反映出主題，譬如《梅岡城故事》中的絲考特（Scout）就是如此。

作者決定首要主題後，就可以開始利用各項事件與主角特性的改變，逐漸探向主題核心。在這樣的過程中，主角通常會遭遇挑戰，因而必須做出揪心的決定，而每一次的困境都會帶來更艱鉅的抉擇，並迫使他們實踐更徹底的轉變。

有時候，主題是在寫作過程中逐漸發展而成，作者在初稿或前幾版的草稿寫成前，或許都還不知道主題是什麼；不過，也有些作家會先訂立主題，以此為出發點來撰寫故事加以探討。

HBO影集《化外國度》的編劇米爾奇一開始是想傳達「混亂中必生秩序，秩序中必生法律」的概念，並想以羅馬的源起時代為故事背景，也將這樣的想法告訴了HBO，但HBO當時已在預製另一齣關於羅馬的戲，所以他才提議將故事改在一八七〇年代的南達科他州戴德伍德地區……至於剩下的，大家都在電視上看過了吧。米爾奇就是預先確立了首要主題，才寫出故事來探討以及傳遞。

以角色象徵主題

在許多劇本中，各路角色會以不同的方式傳達主題。

通常，故事會有個象徵主題的角色，能反映作者想透過劇本傳遞的價值觀。這個角色往往都是配角，而非主角，譬如在《華爾街》裡，象徵反貪汙的是馬丁・辛（Martin Sheen）飾演的父親卡爾・福斯。

卡爾

別再想著要輕鬆賺錢了，做些有生產力的事吧。人都該要有所作為，不要老是拿人家的錢來買賣過活。

在情節開展的過程中，卡爾的兒子巴德歷經了轉變。他卡在價值觀相反的兩名角色間，也就是老闆暨導師葛克，以及父親卡爾這個「良心要角」。最終，巴德必須做出選擇，決定要遵循哪一套價值系統。

有時候，擔任導師或指引角色，將自身價值觀分享給他人的，可能是新手、學生或剛搬到社區的孩子；也有時，是認為孩子需要教育的父母開口指教，但故事畢竟不是論文，所以說教的內容幾句就好，可別寫得太長。

象徵主題的角色可能已具備足夠的智慧與穩定性，堅定不移而無須歷經蛻變，在電影裡，就是那種有份量、有權威能道出主題的人物。故事中的其他人或許都活得混沌紛亂，搞不清方向，但這個角色就是能穩住陣腳，提供指引，並在觀眾對自己的價值觀感到不確定時，提供比對的標準。通常，這樣的良心要角會挑戰主角，要對方選擇正確但較為儡人的路。

種族歧視這個主題曾以各種形式出現在許多小說與電影中，而不同角色也常對此發表各式各樣的意見。

下例是取自克里斯・格羅爾默（Chris Gerolmo）根據真實故事改編的電影《烈血大風暴》（*Mississippi Burning*）：

沃德探員

恨，就是魔鬼存在的最佳證明……鮑爾斯先生，你整個晚上都在假裝虔誠，藉以掩蓋恨意，真正忠於宗教信仰的人，想必都會以你為恥。

沃德探員以這段實話實說的台詞，揭穿了掩藏於宗教信仰底下的種族歧視。

至於拒絕懲治白人至上主義者的布蘭頓法官，則象徵整個密西西比司法體系的態度：

布蘭頓法官

你們讓社區的大家失望了，但令法院欣慰的是，就某種程度而言，你們的作為與犯下的罪都是外在影響的結果……所以，基於上述理由，我決定從輕量刑，判你們每人五年有期徒刑，並基於以下原因緩刑……

這樣的結果看在查爾斯‧艾佛斯眼裡，可說是大有問題：

查爾斯‧艾佛斯

密西西比司法體系簡直是全美的恥辱，做出這種判決，根本等於批准不法與暴力。

至於黑人牧師談起受害者時，則抱持靈性至上的態度，強調同理心、正義與非暴力手段的重要性：

黑人牧師

詹姆斯‧錢尼是為了他的信念而死，但他從
未⋯⋯對人動粗⋯⋯人家打他，他也未曾出
手回擊。

在哈波‧李（Harper Lee）原著的《梅岡城故事》和霍頓‧福特
（Horton Foote）改編的同名電影中，阿提克斯‧芬奇面對引發且助長
種族歧視的無知假設，決定出言抨擊：

阿提克斯‧芬奇

各位先生⋯⋯州法院的證人⋯⋯之所以會給
出那樣的證詞，是因為他們抱持輕蔑的態
度，有自信地認為沒有誰會懷疑那些說詞，
也認為各位一定會認同他們那充滿惡意的假
設，假設所有黑人都會說謊、都是本性就沒
道德的生物、都會危害女性安全，不值得信
任。但這樣的假設是從個人偏見滋長而來
的，根本是不實的謊言，在場的大家一定都
懂，應該不需要我再說明。

在索金所寫的百老匯新作中，阿提克斯‧芬奇的台詞多了一絲呼
應當前局勢的意味：

不能再這樣下去了⋯⋯我們必須治癒這道傷口，否則血永遠都
不止。

上述這些關於種族不平等的台詞，雖然原本是指涉一九三〇年代
的狀況，但與當今的社會情勢其實也十分切合。

主題的演變

隨著主角改變，主題也會開展、茁壯，並非寫好後就靜止不變。主題可以從主觀或客觀的角度切入，客觀詮釋屬於知識型的抽象探討，大概就是看完電影去喝咖啡或高級紅酒時，會成為話題的哲學省思。我們會討論主題的意義、自身理解，以及自己在個人生活中對主題有怎樣的體認；有時，我們也會議論那些嘴上說超愛某部電影，卻把主題忘得很快，而且似乎也沒真正把道理應用到日常生活中的人。

主觀層面則涉及電影帶來的影響與感動，以及作者一開始創作故事的原因。觀眾會與角色一同踏上旅程，在他們歷經改變時感同身受，所以影響劇中人物的角色與事件，也可能啟發觀眾，讓我們在走出戲院時滿懷希望，甚至因為受劇情鼓舞，而以新的思維做出更好的決定，少數人的生命或許會因此而完全改觀。

讀者或觀眾必須願意體驗角色經歷的情緒起伏，讓故事的精神滲透自我靈魂，才有可能蛻變。

種族歧視是個很廣的主題，許多優秀的故事都是以此為主軸，而探討方式也不一而足。在哈羅德・雅各・史密斯（Harold Jacob Smith）以內德里克・楊（Nedrick Young）的原著改編成劇本的一九五八年作品《逃獄驚魂》（*The Defiant Ones*）中，主角薛尼・鮑迪（Sidney Poitier）和東尼・寇蒂斯（Tony Curtis）飾演兩名囚犯：黑人庫倫和白人傑克森。兩人在運送獄囚的卡車上被銬在一起，庫倫不斷唱著一首名叫〈逝者已矣〉（Long Gone）的歌，惹得傑克森很心煩。

結果卡車發生車禍，兩人成功脫逃，卻仍銬在一塊兒，命運掌握在對方手中，若不想被抓到，就只得合作、別無選擇，不過他們並不

情願就是了。話雖如此，庫倫和傑克森在旅途中仍舊從互恨互鬥，發展出對彼此的愛、尊重與關懷。

由於搭配了畫面與情節，反種族歧視的主題十分明顯。這個故事符合編劇與導演的價值觀，所以獲得了青睞，但也是由於他們願意透過角色的聲音闡明自身立場，主題才能清楚呈現。

警長馬克斯‧穆勒將庫倫和傑克森比作害怕的動物，在他眼裡，囚犯和黑人就是比他與部下來得次等。

> 警長
> 他們會逃到無力再逃，走到疲憊跌倒，爬起
> 來後跌跌撞撞地繼續走，但終究會再摔倒。
> 他們會聽見狗聲逼近，感到雙腿疲軟，最後
> 只能在地上爬，到時我們就上前逮人。

他認為兩人會絕望又害怕，就像受驚的小動物那樣。

想幫助警長的民間團體發言人婁巫則把他們比喻為「竄逃的兔子」。

傑克森稱庫倫為「小黑」（Boy），庫倫則叫傑克森「小丑」（Joker），兩個稱呼都帶有種族偏見；另一方面，兩人似乎也都很能體會沼澤掠食者與獵物的處境。在電影剛開始的這一幕，編劇就透過台詞帶出兩人對彼此的看法，暗示他們在劇中不被當做人看：

> 庫倫
> 動物一生都很安靜，只有快死時才會發出聲
> 音。

> 傑克森
>
> 這麼活著可真不錯……一輩子都默不出聲，
> 等到死前才終於開口。

這是兩名角色首度有所共識，並認知到彼此都是受害者。隨著主題開展、演變，情節也開始浮現，而下段敘述更強化了故事動能：

> 兩人對看一眼，相同的領悟似乎讓他們產生共識，但雙方都還
> 在氣頭上，於是便避掉了對方的目光。

故事繼續展演，象徵改變的微小舉動也開始出現，譬如傑克森把抽到一半的菸分給庫倫時，其實就是在改變之路上跨出重要的一大步：他們已開始把對方當人看了。結構上而言，這個橋段約莫發生於第一個轉折點，也就是電影開始後約三十分鐘。

種族歧視的定義是將某人或某個團體視為「異端」，不予接納，譬如「只要跟我不同，就不算正常人」的心態即是如此，但另一方面，也有人認為「只要是人，何必分什麼你我」。無論如何，故事第一幕讓我們看到角色把彼此視為異類，甚至把對方比做動物，隨著情節發展，他們在彼此心中的地位才逐漸升格為人。

接著，電影也慢慢將主題擴及「系統性種族歧視」，並透過對白來探討社會這個「系統」究竟是好是壞。

> 傑克森
>
> 老兄，我覺得你這人還不錯……所以要給你
> 一點建議。你得學習接受一切，不要老是想
> 著反抗……不然是不會快樂的。

傑克森認為庫倫應該接受事物的原貌，不要衝撞大環境，但隨後兩人就立刻決定要一起違抗社會：

庫倫

我們要腳步一致，這樣手腕的負擔比較不會
那麼大。

傑克森

（想了一下）

好。

　　在這部電影描繪的世界裡，黑人不該與白人踏相同的步伐走路，但當然，別無選擇時也是難以避免的。在那之後，主題也繼續彰顯「沒有異類，只有團結」的訊息。

　　電影演到大約一半時，兩人甚至聊到要一同經營事業，傑克森想開修車廠，認為庫倫或許能幫忙。不久後，他們計畫要闖入店家，但庫倫突然想到傑克森是白人，會特別引人注目。

庫倫

你的臉快要比月亮還亮了好嘛。

　　於是傑克森在臉上塗滿泥巴，兩人之間的關係與相似的模樣，又再次拓展了故事主題。

庫倫

好多了，不過泥巴還是藏不住你那難聞的氣
味。

傑克森

那我現在肯定跟你沒兩樣啦。

這段對白出現在電影中段，兩人不僅認知到彼此的相似之處，也透過把臉塗黑的行為讓觀眾看到，其實人與人之間並沒有我們所想的那麼不同，就連外觀也不例外。不久後，他們為了避免被逮、受傷，所以得合作闖入店家，這時，庫倫稱傑克森為「孩子」（Baby），而傑克森聽到後也學了起來，在狗開始吠時說道：「噓，乖孩子，別叫」——注意到了嗎？連狗都人物化了。

角色的情緒曲線是從內化的偏見演進為彼此接受，對白中也隱含許多沒有明說的言外之意，與情緒起伏相互呼應。連平時被歸類為動物的狗都有些人化之後，種族歧視便又顯得更不可取：我們若不排拒與自己不同的文化、族裔、宗教與性別，而是加以接納的話，就能很自然地做到平時覺得「詭異」的事，像是不踢狗、不破壞地球，甚至對外星人都能抱有關懷之情。

不過後來兩人依舊被捕，並面臨遭受私刑處置的危機。傑克森非常害怕：

傑克森

你們不能對我動私刑，我可是白人啊。

看來兩人的兄弟之情其實也僅此而已。不過雖然傑克森蛻變後又走上回頭路，但庫倫並沒有犯下同樣的錯。在白人流氓以不喜歡傑克森「這種白人」為由，命令庫倫對夥伴吐口水時，他並沒有照做，反而是把口水往揶揄他們的人臉上吐。

不久後，傑克森開始使用「我們」這個說法，但為了避免主題發

展得太順利，編劇又安排兩人發生爭執，甚至揚言要殺了對方。好的故事都是這樣，主題不能呈現得過於順遂，但角色在過程中仍會持續轉變。快演到第二個轉折點時，收容兩人並替他們解開鎖鏈的女子背叛了庫倫，但傑克森決定支持同伴，因而喪失了脫逃的機會，讓庫倫十分驚訝；傑克森受傷時，庫倫明明可以自己逃跑，卻也選擇留下。換言之，綁住兩人的已不再是鎖鏈，而是他們自發性的選擇。

傑克森與庫倫的兄弟情誼逐漸增長，與警長和追捕小隊間的關係形成強烈對比。部下說要放狗攻擊兩人時，警長這麼回應：

馬克斯警長
不准放狗。
（把槍口瞄準狗群）
你們要敢輕舉妄動，我就立刻開槍。

在種族主義的框架之下，馬克斯警長象徵的是擁有正向特質的「善良白人」，至於他帶領的那群混混則不把獄囚當人看，不過倒很愛狗就是了。

最後，兩人並沒能逃出法網。他們拔足狂奔，想跳到火車上，但都趕不及，最後雙雙倒地，知道最後的機會已經溜走。就這樣，逃到盡頭的他們躺在鐵軌旁，身上都負著傷。各位知道傑克森這時說了什麼嗎？他拜託庫倫再唱唱他在第一幕剛開始時，恨得要命的那首歌——「逝者已矣，他好不幸運。」兩人等著被逮時，庫倫就把傑克森抱在懷中，不斷地唱。

深刻的主題能從各種層面觸及人心，歷久不渝地世代流傳、迴盪。

CASE STUDY ────────────────

琳達的說明：這份劇本描述一名年輕男性就讀基督教大學後，在心靈上歷經的轉變。在以下的分析中，我們會討論五個與主題相關的時刻。

威廉牧師（吉姆的父親）

吉姆，我們生存的時代很醜陋。大家都嚮往
從前的世界，渴望夢想中的天地，卻沒有人
願意實事求是地好好努力。

琳達的說明：這段教誨其實可以用於提示吉姆一開始的狀態，但卻未能提供什麼資訊。接下來，吉姆抵達大學，並向室友詢問了那裡的規矩。

吉姆

沒電視？

皮爾斯

也不能看電影，這些活動都有害道德品行。

吉姆

所以也不能喝酒、跳舞囉？

琳達的說明：幾頁過後，吉姆和另一位室友泰德談論起黑人同學馬克思。

泰德

你竟然跟有色人種交朋友，還不覺得自己沒
教養？

吉姆
你污辱到我朋友了，而且你根本不認識他
欸！

泰德
我不用認識也知道！從小到大，我身邊都是
有色人種，你一定沒有這種經驗吧？我知道
該怎麼跟他們打交道，但看來你是不懂……

皮爾斯
泰德對大家都是一視同仁地鄙視啦，算是一
種奇怪的民主，但還滿有效的……而且他不
可能改，畢竟人都是無法改變的嘛。

吉姆
人怎麼會無法改變！

琳達的說明：上述場景仍是第一幕，但吉姆似乎已經有所不同了──
這樣的態度轉變應該留待第二幕再描繪才對。下段則發生於第二幕開
始不久後，描述吉姆認識了經常參與社會運動的珍。這位女孩將改變
他的態度。

珍
我要去反戰抗議，不過你別緊張，載我到附
近就好，我不希望你的車被刮傷。

琳達的說明：吉姆需要借助其他有影響力的人，才能有所轉變，在宗
教信仰與對社會正義的支持間找到平衡。後來，他認識了珍十分自由

開放的阿姨艾莉絲，對方請他喝酒，但他拒絕了。

艾莉絲

就我個人的經驗而言，如果叫人家不准喝
酒，他們通常都會跑去躲在地下室喝上個
二十瓶。

琳達的說明：在後續的場景中，院長因為吉姆某些瘋狂、有創意但反傳統的行為，而把他叫到辦公室，並以退學來威脅他。不過在故事最後，應該要安排一個環節來顯示吉姆並未喪失信心，還學到該如何把信念化為行動，實際關懷、體貼他人。

約翰改寫版本

約翰的說明：我參考了琳達的意見，寫出五個重要環節，透過吉姆的個人成長，呈現主題的推展，同時達到建構情節、描繪角色的效果，對於這種成長故事而言，這兩項功能特別重要。我寫的每個環節，都是奠基於讓吉姆感到掙扎的困難抉擇，因此，隨著他逐一面臨左右兩難的處境，整體的故事張力也會跟著堆積，而他的決定則會形成情節骨幹。

環節1：吉姆聽聞新學校的規定。

戶外場景 基督教大學 — 一九六七年 — 白天

學生來來去去，年輕男孩穿大衣打領帶，女孩則穿保守的洋裝、外套與平底鞋。

戶外場景 宿舍前方 — 白天

四十五歲的威廉牧師幫十八歲的吉姆把行李從凱迪拉克搬下來。二十一歲的皮爾斯頂著短髮，穿大衣打領帶地迎接他們。

> 皮爾斯
> 歡迎！我是宿舍管理長皮爾斯，你一定就是
> 吉姆吧。

吉姆和皮爾斯握手。皮爾斯看著威廉牧師，吉姆則瞥向校園，看見一張張素淨的臉。

> 皮爾斯
> 至於您，想必就是威廉牧師了吧，華特斯院
> 長有交代我要好好招呼您。

> 威廉牧師
> 我跟華特斯院長認識很久了，我們念書時就
> 住在這棟宿舍。

> 皮爾斯
> 這裡的一切都沒變，沒有電視、電影，不能
> 跳舞、喝酒、抽菸，當然也禁止嗑藥，您一
> 定很開心吧。

> 吉姆
> 那有音樂嗎？

> 皮爾斯
> 我們有古典樂系。

五名學生隨著鼓聲行進，一呼一應地喊著口號。

他們舉著標語：
和平之河，永遠長流
只做愛，不做戰
和平之人，永受賜佑

帶頭疾呼的是二十歲的非裔美籍女孩愛麗莎珍。

愛麗莎珍
耶穌會怎麼做？

五名學生
愛日照之下的所有子民。

愛麗莎珍
耶穌愛誰？

五名學生
愛日照之下的所有子民。

威廉牧師怒目瞪著遊行的學生。這時，愛麗莎珍和吉姆對到了眼，她對他微笑，他則看向別處。

皮爾斯
抱歉，他們每天都在抗議，校警會來阻止的。

吉姆
這些人有什麼毛病啊？

環節2：吉姆決定讓愛麗莎珍教他課業。

室內場景 咖啡店 — 白天

吉姆走向櫃台，對店員說話。

吉姆

你好，請問課業輔導是在這裡嗎？有沒有一
個叫A.J.的人？

店員指向角落那桌。吉姆上前，發現輔導員已背對他坐在那
兒，頭髮收在帽子裡。

吉姆繞到桌子另一邊，看見是愛麗莎珍後驚呆在原地。

愛麗莎珍

嗨！是吉姆對吧？請坐。

吉姆

呃……我在找大一文學的課業輔導員Ａ.
Ｊ.？

愛麗莎珍

我就是，請坐。

吉姆

我突然想到……我跟輔導老師有約。

他開始朝門外走，愛麗莎珍也跟了上去。

愛麗莎珍

基督教的乖寶寶對我說謊，也不是第一次
了。只因為我的膚色，你就覺得我不夠聰明，
無法教你任何東西嗎？

吉姆依然沒有停下腳步。

愛麗莎珍

還是我的政治色彩不合你胃口？不然我引用
句聖經給你聽吧，「和平之人，永受賜佑，
因為他們是神的孩子」。這可是馬太福音5：
9說的喔。

吉姆轉向她。

吉姆

妳要我怎樣？

愛麗莎珍

我要你放下你爸那一套，讓我幫你。

吉姆環顧四周，發現經過的人根本不在乎他在跟誰說話。

吉姆

我文學課絕不能被當掉。

愛麗莎珍

那就別管膚色和政治立場了，我們趕快開始
吧。

> 吉姆
>
> 妳收現金嗎？

環節 3：吉姆決定替愛麗莎珍說話。

室內場景 皮爾斯的宿舍辦公室 ─ 白天

皮爾斯坐在桌邊，吉姆站在他面前。

> 皮爾斯
> 你到底為何要把這種成天鬧事的女黑人帶進
> 宿舍啊？

> 吉姆
> 你說愛麗莎珍？她是我的課業輔導，而且還
> 是和平主義者，才不是什麼女黑人，你不認
> 識她就別亂說。

> 皮爾斯
> 我不用認識也知道，從小到大，我可是跟一
> 大堆有色人種打過交道。她這傢伙就是愛惹
> 麻煩，你不要再帶她來了，我得跟華特斯院
> 長報告才行。

> 吉姆
> 但這裡可是基督教大學欸，耶穌不是說「不
> 要憑外表做判斷」嗎？好像是約翰福音 7：
> 24 吧。

皮爾斯

我們學校可是有規矩的……

吉姆

但有些規矩根本和耶穌的教誨無關啊。

環節4：吉姆決定和愛麗莎珍一起參加抗議。

室外場景 市立停車場 — 白天

吉姆走向圍在愛麗莎珍身旁的那群人，擠到最前面。

愛麗莎珍

小吉！你能來真是太好了！

吉姆

我只是想來跟妳說，我真的沒辦法。

愛麗莎珍

（對著群眾）

各位，我有沒有聽錯啊？他大老遠跑來，就
只是要為了跟我說他無法為正義挺身而出？

吉姆

才不是這樣呢！我認同妳的看法，也覺得他
們都是偽君子，只是我不能跟你們一起遊行
而已。

愛麗莎珍

唉，是啊，挺身維護正義可沒那麼簡單，要
是被老爸發現可就不好囉。

吉姆

妳這樣講對我太不公平了吧。

愛麗莎珍

哪裡不公平了，小吉，你就是不敢跟你爸唱
反調，免得他不幫你付錢，不是嗎？哎呀，
你的男子氣概到哪兒去啦？

大家笑出聲來，吉姆也漲紅了臉。

愛麗莎珍

你真的在乎世界和平嗎？你是要走上街頭，
實踐你說的話，還是要像其他人一樣偽善？

他看著她，然後瞥向四周的人。

吉姆

只做愛，不做戰！

吉姆加入了隊伍，大家發出歡呼。

環節5：吉姆決定休學。

室內場景 華特斯院長的辦公室

華特斯院長坐在辦公桌後方，威廉牧師也坐著，吉姆則站在辦
公室中央。

華特斯院長

吉姆，你玷汙了我們的名聲，這所大學從來
沒有學生被逮捕過。

威廉牧師
怎麼會這樣，我真的不懂。明明有我的帶領，
你怎麼還會落入那些混混手中呢？

華特斯院長
我跟你爸都很困惑，不知道該怎麼做，才能
讓你走回正軌。

吉姆
你們想怎樣就怎樣吧，我要回去為愛與和平
發聲，實現耶穌賦予我的使命了。耶穌對自
己說的話都身體力行，我也要和祂一樣。

他離開了辦公室，留下華特斯院長和威廉牧師望著房門，瞠目
結舌。

約翰的說明：以上的五個重大環節之所以會發生，都是因為吉姆做出
了使他內心掙扎，卻有助自我提升的決定，而他也因此卸下心防，甩
脫了狹窄的世界觀。這些環節堆積成主題，讓我們看見吉姆找到價值
平衡，同時也推進了情節，建構出作品骨幹，和角色的其他決定共同
驅動了故事的發展。

LESSON 7

將言外之意寫入對白

　　對白的重點不僅在於說了什麼，也在於能否隱含、暗示言外之意，引發迴響。我們聽到好對白時，都會潛意識地自行聯想，使人物與角色間的互動變得更有深度與層次，而這樣的對白就是內含潛台詞：掩藏於表面之下、字面上並未明說，卻可經由推測而得的意涵。

　　現實生活中的各種情境都含有潛台詞，我們知道人在說話時經常意有所指，所以往往會在心裡問自己：「那**究竟**是什麼意思？」假設一名男子對初次約會的對象說：「我再打給妳」，這句話就有許多詮釋方法，或許他只是習慣在道過晚安後補上這一句，並沒有認真，也或許是客套，又或許他根本想趕快抽身？相反地，如果他是真的想打，並在許下承諾的一兩天後確實致電，那這句話就成了直接坦率、可從字面解讀的一般對白，而不是帶有隱含意義的潛台詞了。當然，他也可以更明確地說：「我明天下班後打給妳，大概傍晚五點，然後我們可以計畫週六的晚餐。」但只要他沒打給女方，這話就會成為潛台詞，讓我們開始好奇他怎麼了？是卡在車陣中嗎？還是死了或被抓去坐牢？手機被停話？又或者只是不想繼續而已？

心理治療師瑞秋・拜隆（Rachel Ballon）博士說：「戀愛就像潛台詞，婚姻則是一般對白。」女生若問交往對象：「我今天漂亮嗎？」對方可能會回：「不錯啊。」讓她摸不著頭緒，也不知道這答案是否有言外之意；但如果換做夫妻，丈夫則可能會直接地說：「這顏色很漂亮，但另一套更好看。」或者「妳今天真是太美了！」讓妻子不必多想，就能確知他的看法。

尋找潛台詞

創作者常會想找帶有多重意義的字詞來用，但目的不在故弄玄虛，而是為了寫出能引發迴響的對白，就像樂曲中的弦外之音、像海洋生物學中的暗流，也像畫布上打底的顏色，功用與房屋的基樁及女性的底妝並無不同。

單是一句話，我們可能就得重寫五次、十次，甚至二十次，才能選出隱含意義最豐富的詞，譬如以「性子很烈」（spitfire）和「難以掌控」（a handful）來形容女子就有所差別，用「寶貝」（babe）、「親愛的」（darling）和「小乖」（lamb）來稱呼女人，意義也都不同。這幾個選擇都能用來描述同一名女子，但哪一個才最能引發聯想，進一步凸顯這名女子的性格，同時又深化以所選用語來描述她的角色在個性上的特徵？答案取決於創作者想達成的效果，也因此，找到正確的詞十分重要。

形容詞如果不夠獨特，女子可能會落入平庸之流，形象模糊，就和世上的幾百萬個普通人沒兩樣，所以我們不能只是空泛地說她「漂亮」或「人很好」，而是該選力道夠強的用語，強到讓讀者或觀眾心中

馬上浮現出她的模樣，至於形象是好是壞，就取決於作者了。話雖如此，有時創作者也難以決定要賦予角色正面或負面的形象，這時，唸台詞的語調就變得十分重要：如果男子以崇敬的語氣說太太「獨一無二」，意思大概是她真的非常特別、出色，但若說話時還邊翻白眼，那可能就是在暗示她瘋癲、陰晴不定了。一位知名爵士鋼琴手表示，某個學徒曾在演奏結束之後上前討取讚美，各位猜他怎麼回應？「我聽過許多鋼琴家演奏，你肯定是其中一個。」學徒聽完後露出大大的笑容，很滿意地離開，顯然是沒聽出這句話的言外之意。

以暗示手法帶入潛台詞

要想暗示性地帶入潛台詞，可以選擇讓句子暫停或中斷，這種手法用於浪漫情境時效果很好，像是在詹姆斯・布魯克斯（James L. Brooks）和馬克・安卓斯（Mark Andrus）的《愛在心裡口難開》（*As Good as It Gets*）中，卡蘿看著打扮過一番的馬爾文說：「你今天真是……看起來還不錯。」其實她心裡真正想講的是「性感」，但又不想顯得太過飢渴，所以才把話吞回肚子裡。

這種手法也可用於警探故事，譬如犯人在正要坦誠之際突然反悔：「對，我……我當天晚上不在那裡。」或是面對「你家住址」這種簡單的問題時，支支吾吾地說：「呃……（停頓）楓葉街三百二十號啦，對啦，就是那裡沒錯！」這種可疑的反應，勢必會引來更多問題。

角色可以改變談話方向，以免得直接回答問題或面對現實。假設一名男子問道：「吉姆，你昨天有成功讓她上鉤嗎？」這時，回應如果是「我們玩得很開心。你的書進行得如何？」或是「熊皮上有毛嗎？」

那吉姆顯然是個潛台詞大師，大概會給朋友一個微笑，讓對方自行想像。

　　角色所持的物品以及對物品的評論，也都可以是傳遞潛台詞的媒介。在維多利亞時代，男性若稱讚女性的手巾別緻或上頭的刺繡精美，那他真正想讚美的絕不只是手帕而已；又或者我們可以安排女性把手套落在地上，讓男性撿起來，並在歸還的同時撫摸並讚嘆那材質有多柔軟：

> 妳的手套啊，要我摸一輩子都行。我會享受那柔軟的觸感、細緻的味道，沉溺於手套的存在所帶給我的愉悅，多久都不會膩。

　　大家應該都知道他真正在描述的是什麼吧？

　　換做是警探的話，則可用兇刀在桌面敲出劈砍、戳刺的節奏，嘴上一邊聊外頭的暴風雨，說真是巧啊，案發當晚似乎也是這種天氣，故意讓嫌犯心神不寧：

> 閃電已經夠讓我心煩了，但雷聲更糟，把我嚇得半死，簡直害我想殺人，實在很受不了，你不覺得嗎？你聽到雷聲會緊張嗎？我會！天氣這麼劇烈，一定是神在生氣，你覺得祂在氣什麼？

以潛台詞暗示背景故事

　　創作者經常會因為太想傳遞某些資訊，而採用容易打亂故事節奏的笨拙技巧，譬如在角色說完「我成長於家庭暴力之中」後，安排孩童被吼、被打的回憶片段，以強調這句話的真實性，但這種做法會降

低情節的流暢度，還不如讓角色說出敘述性台詞，以呈現更深層的寓意並引發迴響，譬如：

> 我撐了下來，也繼續邁進。因為生長在黑暗的世界，所以我在任何情況下，都能尋找光亮。

性愛與浪漫

潛台詞經常用於角色想暗指性或情愛的場景之中，譬如英文裡常說的「要不要去臥室看我的刻版畫？」（Do you want to go to the bedroom and see my etchings?）就是一例。這句台詞雖然老掉牙，但其實可依角色當下談論的事物而有許多變化，像是安排男性角色提議到樓上聽新專輯，約會對象卻注意到他家最大、最好的音響系統其實放在客廳。

又如女子把洋裝抖下肩膀，以充分展示新的珍珠項鍊……

> 女：你覺得如何？
> 男：實在太美了，是真的嗎？我是說珍珠喔，珍珠。

瑪麗蓮‧夢露（Marilyn Monroe）曾俏皮地說過：「我睡覺時，蓋住身體的就只有香水而已。」（All I wear to bed is perfume.）這話大概聽得不少男人暈頭轉向，都想排隊一聞美人香。

與其安排女性角色說：「我去換件比較舒適的衣服。」（Let me slip into something more comfortable，意思是待會兒比較容易脫掉），不如轉個彎這麼寫：「衣服啊，不穿不是更舒服嗎？」

我們聽到隱含潛台詞的對白時，通常會自動腦補。以下段落取自小哈瑞特・芙蘭克（Harriet Frank Jr.）和歐文・拉夫奇（Irving Ravetch）以馬克斯・肖特（Max Schott）的短篇故事改編而成的《墨菲羅曼史》（Murphy's Romance），各位讀完後心裡有什麼假設呢？

> 艾瑪・茉莉埃媞
> 墨菲，你要留下來吃晚餐嗎？

> 墨菲・瓊斯
> 除非能順便吃早餐，否則就不留。

> 艾瑪・茉莉埃媞
> 你喜歡哪種煮法的蛋？

仰賴演員發揮

創作戲劇性對白時，很重要的一環，在於依據故事背景納入潛台詞，並給予演員充分的發揮空間，由他們傳達出言外之意。事實上，潛台詞的意義經常與字面對白相反，所以仰賴技巧純熟的演員，經常是傳遞弦外之音的唯一途徑。

《長日將盡》（The Remains of the Day）是編劇露絲・鮑爾・賈華拉（Ruth Prawer Jhabvala）依據石黑一雄的作品改編的愛情故事，發生於兩次世界大戰間的英國莊園，男女主角分別是壓抑的管家及主掌家中事務的幫傭。以下這幕本來就已暗示兩人對彼此有感覺，但經由安東尼・霍普金斯爵士（Sir Anthony Hopkins）和艾瑪・湯普遜女爵士（Dame Emma Thompson）精湛地演出後，雙方的情愫更是呼之欲出。

　　　　　　　肯頓小姐
你在看什麼？

　　　　　　　史蒂芬
看書。

　　　　　　　肯頓小姐
我知道，我是問你在看什麼書。

他看著她，她則走向他。史蒂芬站起身，把書闔上抱在胸前。

　　　　　　　史蒂芬
那妳又在做什麼？

　　　　　　　肯頓小姐
到底是什麼書啊？你該不會不好意思吧？給
我看啦，是不是什麼露骨的書？

　　　　　　　史蒂芬
露骨？

　　　　　　　肯頓小姐
對啊，內容是不是很露骨，所以才不能給我
看？

　　　　　　　史蒂芬
肯頓小姐，請別再問了。

她又再靠近，但被他擋掉。

　　　　　　　肯頓小姐
為什麼就不能給我看啊？

　　　　　　　史蒂芬
現在是我的私人時間，妳打擾到我了。

　　　　　　　肯頓小姐
喔，這樣啊？我打擾到你的私人時間了，是
嗎？

她繼續靠近。

　　　　　　肯頓小姐（繼續）
哎呀，讓我看一下嘛，還是說你其實是想保
護我？是這樣嗎？是不是怕我嚇到？還是怕
這書有損我的人格？給我看一下啦。

她把他的手指一根一根地從書上扳開，輕輕地接過書本。過程
中兩人都沒有說話，身體靠得很近。
她把書打開，開始翻閱。

　　　　　　　肯頓小姐
天啊，我搞錯了，根本不是什麼不雅內容，
只是多愁善感的老派愛情故事而已。

兩人對看。

　　　　　　　史蒂芬
我讀這些書，是為了增進英文能力與知識，
而且不只是這本，我讀任何書的目的都一
樣，這是我自學的方式。

肯頓小姐

這樣啊，我知道了。

　　若能把這一幕找來實際觀賞，就會發現兩位演員運籌帷幄，攜手讓整個場面充滿沒有明說，但卻張力十足的愛戀情慾。當時，劇中的兩人都還未坦承對彼此的感覺，所以得透過這樣的方式呈現。

　　對白可用於掩飾角色心中真正的想法，譬如以表面說詞隱藏內心深處的情緒波動。有時，字面對白只占了實際意義的極小部分，而潛台詞就像表面浮冰底下的巨大冰山一樣，能滋養故事情節並豐富角色層次。

CASE STUDY ───────────────

琳達的說明： 劇作《法蘭西絲・蘿思》的主角是一名鋼琴天賦極高的女孩，但父親彼特和母親麗娜卻因是否該鼓勵她走這條路而發生爭執。在下面這幕中，彼特的知名鋼琴家叔叔安吉羅到場評估法蘭西絲的資質後，建議她接受更多訓練。琳達建議以物品帶出潛台詞後，作者決定利用「蘆筍」來加強角色間的衝突，寫成了以下的草稿。

第一幕，第一場

開場 ── 一九三〇年 ── 客廳
法蘭西絲正在彈蕭邦作品號10第5首〈黑鍵練習曲〉。

廚房
麗娜在爐邊煮義大利麵。她把番茄、洋蔥、麵條和蘆筍放進鍋裡，攪拌了很久；彼特則穿上西裝、打好領帶，看著洗手台上方的鏡子梳頭。

彼特：（語氣興奮）他就快到了！拜託妳一定要認真聽安
　　　　吉羅叔叔怎麼說，這樣我們才能替法蘭西絲做最好
　　　　的安排。

麗娜繼續翻攪義大利麵，沒有說話。

彼特：（對她搖手指）夠了喔，我知道妳在煩什麼。

麗娜：不要管我！

彼特：妳不可能永遠把她綁住啊。

麗娜：你找你叔叔來根本毫無意義，這你自己很清楚。（對
　　　　法蘭西絲大喊）法蘭西絲・蘿思，不要再彈了，來
　　　　幫忙端碗盤擺餐具！

彼特：（對法蘭西絲大喊）親愛的，別理她，妳繼續彈！

敲門聲響起

彼特開門，安吉羅走進屋內。

彼特：你聽聽她彈得多好！簡直和你一樣有天分。

安吉羅：我進來之前還以為是大人在彈，或在播收音機
　　　　　呢！

廚房傳出麗娜摔鍋子的敲撞聲。

麗娜：法蘭西絲・蘿思！不要再彈了！來吃晚餐。

彼特和安吉羅到餐桌旁坐好。

麗娜把義大利麵砸在桌上，大家吃了起來。她旁邊的桌面上放
了成堆的蘆筍。

法蘭西絲仍繼續彈琴。

安吉羅：麗娜，這義大利麵太好吃了，妳用了什麼祕方呀？

安吉羅閉眼聆聽法蘭西絲演奏，手像拿著指揮棒似地輕輕揮舞。

安吉羅：她手感很好，連音彈得非常出色。如果想當職業鋼
　　　　　琴家，得趕快開始接受訓練。紐約有一間很棒的女
　　　　　子音樂學校……

麗娜沉默了下來，盯著義大利麵，噘嘴不說話。

法蘭西絲：音樂學校！聽起來很好玩耶！媽，拜託讓我去，拜託啦！

　　麗娜：我的義大利麵之所以好吃，是因為我把蘆筍的梗也加進去了。

　安吉羅：真的嗎？好特別啊。總之，法蘭西絲的音樂天賦很——

麗娜在法蘭西絲的麵裡盛了一堆蘆筍。

　　麗娜：這種做法很少見，我從不告訴別人的。除了我以外，大概沒有誰會加蘆筍的梗。

　　彼特：麗娜！你先聽安吉羅把話說完好不好。

　　麗娜：我把筍尖丟掉，只留下面的部分。

　安吉羅：真的？所以妳把最嫩的地方丟掉？換做是我一定捨不得，畢竟梗很硬啊……所以妳最喜歡的是難咬的部分囉？蘆筍是你在花園自己種的嗎？

　　麗娜：對。

　安吉羅：我很愛吃蘆筍呢，筍尖長出來時，就像脆弱又敏感的年輕新生命冒出頭似的，很有春天的氣息！

　　麗娜：你可能不知道，新生的筍芽其實是很堅韌的，一點都不需要特殊照顧。

　安吉羅：（叉起一塊蘆筍）但如果用心照顧的話，或許會長得更好，畢竟生長的關鍵時期很短啊。

　　麗娜：換做是我，才不會到別人家作客，還指教主人該怎麼種蘆筍呢！而且啊，我也不會想把別人的蘆筍帶回家。

　　彼特：麗娜，妳夠囉！

法蘭西絲：我最討厭吃蘆筍了！

法蘭西絲哭著跑回琴邊。

麗娜脫下圍裙，扔到桌子。

　　麗娜：（怒吼）她永遠都別想離開這個家！

約翰改寫版本

角色

法蘭西絲・蘿思：十歲的音樂奇才，並未受過正式訓練。

彼特：法蘭西絲的父親暨啦啦隊。

麗娜：法蘭西絲的母親，覺得自己不受重視。

安吉羅：彼特的叔叔，專業音樂家。

場景

大客廳裡擺著二手家具與直立鋼琴，舞台左側是一個小廚房，裡頭有爐子、冰箱與桌椅。

時間

一九三〇年

第一幕

簾幕升起，法蘭西絲坐在琴邊彈著蕭邦練習曲作品號10第5首，節奏很穩，速度恰當。音符從老舊的鋼琴宣洩而出，猶如閃亮的溪水從石頭上流過一般。

廚房裡的麗娜在砧板上把蘆筍的梗切成段，丟進在爐上小火慢燉的義大利麵醬裡。

彼特從臥房跳進客廳，手裡一邊打著領帶。

彼特：（對著法蘭西絲）他就快到囉！妳繼續彈，他一定會大吃一驚的。

接著，他邊梳頭邊衝進廚房。

彼特：（對著麗娜）親愛的，妳一定要認真聽安吉羅叔叔怎麼說，我們都希望替女兒做最好的安排，對吧。

麗娜繼續翻攪義大利麵，手中的木匙握緊了一些。

麗娜：法蘭西絲！不要再發出噪音了，過來幫忙端碗盤擺餐具。

法蘭西絲仍繼續彈。

彼特：讓她彈，這樣安吉羅叔叔進門時，才會馬上聽到她是多有天賦。

麗娜：她得跟我一樣，學著當個大家閨秀才行。

敲門聲響起

彼特：（衝進客廳）他來了！

彼特用力打開大門，安吉羅走進屋內。

彼特：安吉羅叔叔！歡迎！

安吉羅拿下帽子，兩人互吻臉頰打招呼。

安吉羅：這音樂是打哪來的啊？

彼特指向鋼琴，這時，法蘭西絲剛好彈到最後一個八度音階，並即興地以裝飾樂句收尾。

安吉羅：哇，竟然是這麼小的女孩！我往大門走來時，還以為是在播收音機呢！

法蘭西絲繼續彈起蓋希文的〈藍色狂想曲〉。

廚房傳出麗娜摔鍋子的敲撞聲，安吉羅探頭看她，露出笑容。

安吉羅：麗娜，妳做的菜好香！是不是用了什麼祕方？

麗娜：法蘭西絲・蘿思，來吃晚餐，現在就過來！

安吉羅：（一邊坐到餐桌旁，一邊說）她的手感實在太細膩了！連音彈得很好，就像絲綢般流暢！表現力也非常強⋯⋯不過還是得接受專業訓練才行。我知道一所很棒的女子音樂學院，也認識院長⋯⋯

法蘭西絲彈到一半便衝進廚房。

法蘭西絲：音樂學校！媽，我可以去嗎，拜託？

麗娜替法蘭西絲盛了晚餐，並放上蘆筍的梗。

麗娜：我的祕方是把蘆筍的梗也加到醬裡。（對著法蘭西絲）妳坐好吃飯。

安吉羅：真的嗎？好特別啊。（對著法蘭西絲）那是專門給你這種天賦異稟的女孩子上的學校，妳到了那裡之後，會接觸到許多優美的音樂，大開眼界喔。

法蘭西絲：專門給我這種女孩子上的，真的嗎？

麗娜：我的做法很少見……幾乎沒有人知道。我都是把筍尖丟掉，只用梗部。

安吉羅：妳竟然把最細緻的地方丟掉！我總覺得蘆筍的嫩尖就像年輕的生命一樣，既脆弱又敏感，是需要持續悉心關注的。

麗娜：你可能不知道，新生的筍芽其實是很堅韌的，一點都不需要特殊照顧。

彼特：你們怎麼聊起蘆筍來了？法蘭西絲呢？

安吉羅：（對著麗娜）但如果用心照顧的話，或許會長得更好，畢竟生長的關鍵時期是很短的。

麗娜：我要怎麼處理蘆筍是我的自由，你管好自己就行了，換做是我，才不會去教你怎麼種蘆筍呢！

彼特：麗娜，妳夠了！

法蘭西絲：（把盤子推開）我最討厭吃蘆筍了！

她哭著跑回琴邊，一次又一次地猛敲琴鍵。

麗娜：（平靜地）她永遠都別想離開這個家。

LESSON 8

善用感官畫面

　　創作對白時，較少有人會把畫面納入考量。對白的確是讓角色交換資訊、展現人物特質的語言沒錯，但除此之外還有其他不少功用。事實上，許多頂尖對白都能在讀者或觀眾心中營造出生動的畫面。

　　一如我們常說「聽起來不錯」、「看起來很讚」或「感覺不賴」，對白所形塑的畫面也可能屬於視覺、聽覺、味覺、觸覺或嗅覺層面，能超越字面內容，讓我們對角色有更深度的瞭解，並透過各種感官，來體驗角色接收到對白傳遞的資訊時是怎樣的感受。

善用各種感官

　　各種感官都可以用在創作當中，增強對白的效果，譬如「點燃熾熱的愛意」、「她瞪人的眼神寒凍如冰」和「他的聲音像天鵝絨般輕軟」，都用到了觸覺意象。

　　味覺上的某些暗喻可描述不佳的體驗，如「那件事讓我印象很差」（That left a bad taste in my mouth，字面意義是「口中留下糟糕的味道」）、「我們不歡而散」（We ended on a sour note，「sour」在英文中是

「酸」的意思）；相反地，我們也常以「甜美」（sweet）來做為正向的形容。此外，嗅覺也同樣能派上用場，像是「屋裡的味道好誘人啊，好像一回家就有剛出爐的麵包可以吃似的」、「成功的果實太香甜了」，以及「他整個人散發出不忠的偷腥味」等等。

創造視覺對白

我們常透過視覺意象傳達心理狀態，特別是用顏色描繪內心感受：不說「我今天好憂鬱」，改說「今天真是藍色星期一」；高興時說「我簡直置身粉紅色泡泡裡」，發怒時則大喊「我氣到要殺紅眼了」。在《凡夫俗子》（Ordinary people）這部電影中，康瑞德有句台詞就是「今天真是灰暗」；人若極度抑鬱，可能會感嘆「四周一片漆黑，走到哪都只見陰影」（不過當然，如果是警探在昏暗的房裡這麼說，意義可能是指對案情一無所知）。

能形容心理狀態的視覺意象很多，像是「陷入谷底」、「心情一飛沖天」和「我彷彿漫步雲端」等等。在亞倫‧傑‧勒納和弗瑞德里克‧路沃（Lerner and Loewe）為電影《窈窕淑女》（My Fair Lady）合寫的歌曲〈我可以整夜跳舞〉（I Could Have Danced All Night）中，伊莉莎‧杜立德這麼唱道：「我可以展翅高飛，感受未曾體驗的一切。」不用說各位也知道，她不是真的有翅膀，只是覺得自己彷彿能夠飛翔。

善用明喻

若想在對白中注入畫面，不妨使用明喻，一般而言，我們會用

「像」（like）或「如」（as）等連接詞，來表達兩種事物間的相似之處，不過如果角色是一天到晚「like」個沒完，話裡卻毫無實質內容可言的加州富家女，那這個字可就不具什麼譬喻機制了（在英文中，「like」也可以當成語助詞，並沒有實質意義，近似於中文的「就是」、「那個」等等，譬如「就是……就是……你知道的……就是你，那個……把某個東西……然後……就是啊……比喻成……就是……另一個東西這樣」）。

羅伯特・伯恩斯（Robert Burns）的詩作〈一朵紅，紅的玫瑰〉（A Red, Red Rose）中，有個十分經典的明喻：

喔，我的愛人就像一朵紅，紅的玫瑰，
新發芽於六月：

明喻能幫助角色以較為自然、容易理解的方式說明抽象或不常見的概念。若想表達愛意，對方卻從未愛過，那該如何解釋呢？就把愛比喻為盛放的玫瑰吧。

下句也是明喻，作者是詩人愛德蒙・史賓塞（Edmund Spenser）：

她的臉頰像蘋果……雙唇則如櫻桃。

臉頰和嘴唇當然不是水果，但都既紅、又圓潤且甜美，就像蘋果和櫻桃一樣，所以才如此形容。

在克萊門特・克拉克・摩爾（Clement Clarke Moore）一般較常稱為〈聖誕節前夕〉（The Night Before Christmas）的著名詩作〈聖尼古拉的拜訪〉（A Visit from St. Nicholas）中，作者形容聖尼古拉的「雙頰像玫瑰，鼻子像櫻桃……下巴的鬍子潔白如雪」，肚子則會「在他大

笑時晃動，就像碗裡盛滿的果凍」。

這些比喻把原本互不相干的人與物兜在一起，在讀者心中製造出畫面，使字面描述變得具體。

下例取自音樂劇《旋轉木馬》（*Carousel*），是比利・比奇洛（Billy Bigelow）在想像兒子未來的模樣時所唱的歌詞：

他會長得像大樹一樣
頭高高抬起
雙腳則穩穩站在地上

接著，詞曲搭檔羅傑斯與漢默斯坦（Rodgers and Hammerstein）又寫了一句：

以後絕沒有人敢對他頤指氣使、呼來喚去！

「頤指氣使」這個詞，讓我們看出比利希望兒子堅強，不要被人占便宜；「呼來喚去」（tossed around）也承載著相同的期望，但同時巧妙呼應了樹枝被風吹得亂擺，大樹卻穩健如山的意象（在英文中，「toss」也有擺盪之意）。

此外，這句話更隱含了另一層意義：比利專門在嘉年華拉客，在人生的畫布上就像細小的汙點般微不足道，覺得自己不中用也不重要，所以希望兒子不要步上他的後塵。事實上，他甚至還覺得孩子要是能當上美國總統，「那也很不錯」呢。

各位對蘭花若不熟悉，不妨讀讀以下這個例子，對花的瞭解想必會增進不少。這段台詞取自查理・考夫曼（Charlie Kaufman）的劇作《蘭花賊》（Adaptation），由劇中的角色蘇珊・歐琳把美麗的蘭花比做

差異性頗大的喻依：

蘇珊

目前已知的蘭花有三萬多種，有一種像德國
牧羊犬……有一種像洋蔥，有一種像章魚，
有一種像學校老師，有一種像體操選手，有
一種像中西部的選美小姐，有一種像會拿
《星期日泰晤士報》跟你在床上玩拼字遊戲的
紐約知識分子，也有一種像擁有奶油色肌膚
的高中女生。

接下來還有更多，不過引到這裡，各位應該就懂了吧。

我們也可以選擇某個角色或地區常用的特殊譬喻，因為並非所有
人都熟悉，所以能為平凡無奇事物的注入新鮮感。密蘇里州的人有時
會說「像青蛙毛一樣纖細」（Fine as frog's hair），纖細這部分並不難
懂，但怎麼會拿青蛙毛來比喻呢？更何況，青蛙真的有毛嗎？不過利
用這樣的手法，就會讓描述對象顯得十分獨特。

「她就像青蛙毛一樣纖細。」

在英文中，也有人會說「冷得像女巫正月穿著銅製胸罩的胸部」
（Cold as a witch's tit in a brass bra in January），這樣的說法同樣能營
造出特殊意象。

大膽融入印象派暗喻

暗喻同屬譬喻手法，但去除了「像」、「如」等字，比明喻來得隱
晦。使用暗喻時，我們不說星夜**像**畫作，而會直接說星夜**是**藝術家翻

攪的靈魂，就像梵谷按照內心的印象畫出奔放的作品一樣。

以下這個暗喻延伸了懷孕與鏡子的意象，是約翰以豐富的想像力創造而成的：

> 那湖是膨脹的子宮，懷著幻想帶來的所有痛苦與愉悅，但……
> 也是完美的澄鏡，映照出寬闊宇宙的平衡。

「那湖是膨脹的子宮」是暗喻說法，拿「膨脹的子宮」和宇宙「完美的澄鏡」對比則是矛盾修辭。約翰能寫出這麼精彩的例子，簡直是乘著想像力的翅膀翱翔（注意到了嗎？這又是一個暗喻）。

明喻與暗喻的目的不同，前者可讓角色透過特殊的比喻，幫助他人理解自己所在談論的事物，後者則可在看似毫不相關的概念或意象之間，創造出富有新意的連結。

電影《郵差》（*Il Postino*）是以智利作家安東尼奧・斯卡爾梅達（Antonio Skármeta）的作品《焦灼的耐性》（*Ardiente Paciencia*）為基礎翻拍，改編團隊陣容浩大，故事內容由富里奧・斯卡派利（Furio Scarpelli）和賈科莫・史卡爾佩利（Giacomo Scarpelli）負責，劇本則由兩人和安娜・帕維格納諾（Anna Pavignano）、麥可・雷德福（Michael Radford）及馬西莫・特羅西（Massimo Troisi）一同寫成。雖然經多人之手，但原本的故事大致沒變，重點仍在描述郵差馬利歐・洛波羅接觸到詩歌、明喻與暗喻後，得以藉此對碧翠絲表達愛意，而從旁給予鼓勵的，正是把自身作品唸給他聽的詩人巴勃羅・聶魯達：

巴勃羅・聶魯達
你覺得如何？

馬利歐・洛波羅
很怪。

巴勃羅・聶魯達
怪在哪？你的評論還真嚴格欸。

馬利歐・洛波羅
不是說你的詩啦。怪在哪啊……怪是因為……你在唸的時候，我有種奇怪的感覺。

巴勃羅・聶魯達
什麼感覺？

馬利歐・洛波羅
我也不知道，總覺得詩句前後擺盪。

巴勃羅・聶魯達
就像大海那樣嗎？（註：明喻）

馬利歐・洛波羅
一點也沒錯，就像海一樣。

巴勃羅・聶魯達
那就是詩的韻律啊。

馬利歐・洛波羅
坦白說，我都覺得暈船了。

巴勃羅・聶魯達
為什麼呢……

> 馬利歐・洛波羅
>
> 我也不知道怎麼解釋，就好像……船乘著詩句搖晃似的。（註：明喻）
>
> 巴勃羅・聶魯達
>
> 像船乘著我的詩句搖晃？馬利歐，你知道你說了什麼嗎？
>
> 馬利歐・洛波羅
>
> 啊？什麼？
>
> 巴勃羅・聶魯達
>
> 你創造出了一個暗喻啊！太棒了！
>
> 馬利歐・洛波羅
>
> 真的嗎？但這不算吧，因為我沒有那個意思啊。
>
> 巴勃羅・聶魯達
>
> 有沒有那個意思不重要，意象這種東西是隨興而至的。

　　嚴格來說，馬利歐的譬喻其實算明喻，因為他說了「就好像」，但無論如何，以一個新手而言，他才剛接觸到詩歌就能有這種成果，已經很優秀了；要想轉成暗喻也不難，只要改成「你的詩句是海，把我搖來晃去」就行了。

　　練習了一陣子後，馬利歐以這句話對碧翠絲表達了心意：「笑容在妳臉上開展的模樣，就像蝴蝶似的。」又是一個明喻。

　　劇中的另一位角色多娜・羅莎見狀則如此評論：「他那些暗喻喔，

簡直像烤爐一樣，讓她羞得發燙！」（這個例子和馬利歐用的其實都是明喻，不過不重要啦！）

後來，馬利歐愛上了明喻與暗喻，也不斷提及「metafora」這個唸起來極富詩意的字（在義大利文中是「暗喻」之意），畢竟這個技巧可是為他開啟了全新的天地呀！

動腦注入新意

思考該如何營造視覺畫面的確有助於提升對白，但有時也容易落入俗濫的陷阱，畢竟我們在平時的言談中，也經常無意識地使用老套的說詞，譬如英文裡就有許多明喻已經變得了無新意：

睡得像木頭一樣沉（Slept like a log）
壯地像頭牛（Strong as an ox）
汗流得跟豬一樣（Sweat like a pig）
健康地如小提琴般（Fit as a fiddle）

我們常把動物、物品或別種類型的人當做喻依，有些母親會對女兒說：「妳就不能表現得像淑女一點嗎！」女兒則可能回吼：「妳的行徑才像控制狂咧！」

角色也可能透過暗喻怒罵：「你這狗娘養的臭大便！」雖然不怎麼有詩意，但意思很清晰。在羅伯特・哈林（Robert Harling）的《鋼木蘭》（*Steel Magnolias*）中，韋瑟則有創意地罵道：「你這隻來自地獄的豬！」

多花點時間思考譬喻方法，以打造出獨特的視覺意象，並將陳腐的說法從寫作素材中淘汰，這麼一來，創意巧思就會開始湧現。

以常用的說法為起點，一次次地把當中的字換掉，如果一早想製造一點歡笑，不妨和朋友來場接力遊戲——「你昨天睡得如何？」「像石頭一樣死。」「像我家那隻愛睏貓一樣沉。」「像在沙灘上放鬆的龍蝦。」——保證你們玩得不亦樂乎。

　　聽覺上的明喻與暗喻同樣能喚醒感官：「聽起來就像音爆」、「槍聲猶如爆竹」、「他的聲音就像陶瓷砂紙，一直磨我耳膜」、「火車聲在我腦中打雷」、「清晨的森林有個不協調的交響樂團，在每天的例行演出前調音」、「浪聲以睡意刷洗我的臥房」等等。

　　在情詩〈一朵紅，紅的玫瑰〉中，伯恩斯繼續使用了聽覺上的明喻：

喔，我的愛人就像悅耳的旋律，
演奏起來是如此協調和睦。

　　基本上，應該就像是在聽你最愛的歌手唱你最愛的歌吧！

　　在工作場合，老闆或許會稱讚助理寫的感謝函「切中要點」（hit the right notes，在英文中，「note」還有音符之意）；設計師會告訴助理：「這套服裝太招搖了，要低調一點」（That outfit is too loud. Tone it down——除了「大聲」之外，「loud」也有「高調、搶眼」的意思，而「tone down」指的則是調整到比較小聲或柔和的狀態）；至於導演則可能對演員說：「嘴裡不要含滷蛋好不好，講話要像寒風劃破空氣，要像李小龍暴怒出拳時一樣犀利。」總之，在譬喻中加入感官意象的手法十分豐富，值得多加利用。

以聲音取代言詞

　　不含言詞的聲音也可以寫入一來一往的情境，拓展對白的可能。許多人可能認為對白必定是兩個人在對話，好像其中一方說了：「你在跟我講話嗎？」另一方就非得回答：「對，我在跟你講話，你聽好囉……」似的。

　　但事實上，聲音形式的互動也算對白，譬如你叫狗兒把報紙拿來，他「汪汪」地表示同意，這時雙方的語言雖然不同，也不算真的在對談，仍達到了一呼一應的效果；而且只要報紙有確實送達，我們就知道這種溝通確實有效。

　　有時，創作者會太想把事情說清楚，因而覺得非把對白寫成言詞形式的溝通不可，但其實我們平常也會以聲音應答，而不只是使用文字而已，對吧？面對在圖書館內大聲說話的人，《歡樂音樂妙無窮》（The Music Man）中的館員瑪麗安就狠狠地「噓！！！！」了一聲。

　　有人問晚餐好不好吃時，我們可能會回答「嗯！」或邊想邊發出「呃……」的聲音；如果明明不擅言談卻得上脫口秀當來賓，也可能會每說幾個字就「呃」地停頓。

　　要是沒聽清楚問題，可能會以「蛤？」的聲音重複確認；聽到笑話時，大家通常會以笑聲回應；如果不同意某人的說詞，則大概會「哈！」或「哼」地表示諷刺。

　　飯店櫃檯沒人時，我們一般會按鈴呼叫接待人員；但要是沒鈴可按，職員還在忙著看《時人》（People）雜誌的話，則大概會清清喉嚨，創造出聲音形式的對白——如果對方聞聲就丟下雜誌趕緊跑來，對白意涵就更明顯了。

在《亂世佳人》中，奶媽經常發出「嘿」（umph）的聲音，下例是她叫郝思嘉的方式：

奶媽
欸，快進來！快來呀！嘿，來呀，嘿！

在電影《悲憐上帝的女兒》（*Children of a Lesser God*）中，莎拉第一次出聲時，發出一種很難聽的啞叫，表達了她挫折的感受。在劇本中，這個聲音並不是對白的一部分，而是寫在敘述當中：

莎拉的聲音爆發而出……那股呼號十分原始，來自她喉嚨深處，令人困惑又害怕。

至於這個聲音實際上該如何呈現，則得由導演和演員協調決定。

在《幕府大將軍》（*Shogun*）中，主角聽不懂其他角色的語言，但眾人仍可溝通，畢竟「溝通」這個概念不侷限於語言，就算沒有豐富詞彙，還是能透過聲音與動作、手勢來傳達意圖與感受，換言之，對白並不只是詞語的堆積而已。

英文有個知名片語「剃鬍理髮，兩毛五」（shave and a haircut – two bits），原本指的是一段旋律（Do So Fa So La So – Si Do），但現已成了一種對話形式：一人敲出前段，另一人再把最後兩個音敲完，透過這種溝通方式來象徵雙方友好。

聲音形式的回應帶有什麼意義，必須從經驗中學習、瞭解，譬如嬰兒一哭，父母就知道孩子可能是肚子餓、要換尿布或想睡覺，並直接著手處理，這時的對白屬於非語言模式；相反地，父母如果回應：「親愛的，我來啦。」那接下來可能就會有一來一往的對白了。

以聲音帶出轉變

　　電影《為愛起程》（*The Last Station*）是列夫‧托爾斯泰（Leo Tolstoy）晚年的故事。他太太蘇菲亞（Sofya）擅於操弄，有時又非常惱人，所以夫妻關係複雜，但在一切的種種背後，仍存在著深摯的愛、奉獻與牽繫。這樣的情感該如何呈現呢？

　　在這部由麥可‧霍夫曼（Michael Hoffman）所寫的電影中，蘇菲亞突然離開派對現場，回到臥房、躺在床上，「心神蕩漾地沉醉於燭光之中」，接著托爾斯泰也進到房內，站在門邊。兩人在這幕的情緒從起初的互看不順眼化為彼此接受，而在轉變的過程中，聲音代替話語發揮了不小的作用。

　　蘇菲亞狡詐地一笑，「滾向托爾斯泰，要他看出棉被底下的自己沒穿衣服……」

托爾斯泰

妳嚇到大家了，這樣很不好，真的。

蘇菲亞

有嗎？怎麼可能。我是你的小小鳥啊，你對
我的叫聲明明很熟悉。

托爾斯泰

所以那是什麼愛的呼喚囉？

蘇菲亞

是可以把你喚回我身邊的聲音。

托爾斯泰

為什麼？到底為什麼？妳為什麼要這樣？我
們明明住在鄉間，妳卻硬要把場面搞得像唱
歌劇一樣，為什麼不能偶爾讓大家清靜一下
呢？

蘇菲亞笑了。

蘇菲亞

因為這就是我啊，你好好看著我，看著你當
年娶的妻子。我們都老了，都不像從前那樣
年輕了，但我還是你的小母雞啊。
（停頓了一下）
而你，也還是我的大公雞，所以為我啼一聲
吧。

兩人靜默片刻，接著托爾斯泰發自內心地大笑出聲，扭扭脖
子，並仰頭發出雞啼。
他奔向蘇菲亞，對她又抱又親，而她則像小女孩般在他懷裡嬉
鬧。後來，托爾斯泰放開手，開始在房內踱步。

蘇菲亞

我要讓你歌唱。

他又再擁她入懷，開始親她脖子。

蘇菲亞

你愛我嗎？

托爾斯泰

愛。

蘇菲亞

我要你愛我。

原本在親她的托爾斯泰停了下來，看進她的雙眼，再次大聲發
出雞啼。兩人笑著跌入對方懷中。

有注意到這幕中的聲音元素嗎？片中的托爾斯泰學公雞叫，蘇菲
亞則以母雞的咯咯聲回應，並對他展開雙臂，兩人就這麼依偎、親吻
了起來。

這段對白先利用「愛的呼喚」和「你對我的叫聲明明很熟悉」等
描述，讓觀眾注意到聲音元素，並呈現聲音在兩人的關係中所帶有的
意義。此外，夫妻對彼此的愛意更隨著公雞與母雞詼諧的互啼而逐漸
浮現，這點也十分值得留意。

這種聲音互動顯然早已存在於他們的生活當中，蘇菲亞習慣這樣
安撫托爾斯泰，讓他重新以富有愛意的眼光看她，而他也有意改善兩
人的關係，所以才予以回應。

利用對白呈現角色和睦

音樂劇常以音樂搭配歌詞來做為對白，角色會相互高歌，也會合
唱、輪唱。有時飆到高音處，還會有其他角色幫忙和聲，顯示雙方和
睦無間。

要點出兩名角色個性相投，可以安排其中一人打開收音機後，另

一人跟著音樂哼。歌曲本身就乘載了人物的轉變，在雙方一同哼唱、甚至替彼此和聲的過程中，呈現他們的關係是如何變化、成長。角色一開始或許只是輕哼，接著才唱出歌詞，又合起音來並發出讚嘆，最後再心滿意足地互吻，讓我們看出雙方的結合。

歌曲中的「對白」不一定是歌詞，也可以是聲音。在莫札特的《魔笛》（*The Magic Flute*）中，互有愛意的帕帕基諾與帕帕基娜就這麼唱道：

帕帕基諾

帕、帕、帕、帕、帕、帕——帕帕基娜！

帕帕基娜

帕、帕、帕、帕、帕、帕——帕帕基諾！

帕帕基諾

妳真的已全然屬於我嗎？

帕帕基娜

我真的已全然屬於你。

帕帕基諾

妳就是我親愛的寶貝太太！

帕帕基娜

你就是我親愛的寶貝心肝！

利用對白製造紛爭

要顯示角色不合，方法有很多種，常用的行為包括甩門、跺腳，或是邊罵輕慢、污辱的話邊捶牆等等。

角色可以透過帶有聲音的動作或手勢，來做為對他人對白的回應。在謝爾曼・帕拉迪諾的《漫才梅索太太》試播片中，被丈夫拋棄的米菊・梅索哀怨地回家找爸媽訴苦，結果父親勃然大怒，但並沒有吼米菊，而是回房把門甩上，然後開始猛敲鋼琴。他是怎麼了，米菊問道，而母親這才解釋那是他生氣的表現，不過從他非言詞式的「對白」中，觀眾大概都不難看出這點。

角色吵完架和好時，則或許可以安排其中一方遞菸和紅酒給另一人，以吸菸和飲酒的滿足模樣象徵雙方已經休戰。

這本書對於「對白」的定義很廣，我們鼓勵創作者把一來一往的各種溝通都看做對白，無論是言詞形式的談話或其他方式的互動都不例外，就好像樂曲中的前後樂句、演講中的問與答，以及禮拜儀式中的呼與應一樣。趕牛人發出「咿、咿、咿」的聲音，牛群就會「哞」地往前走；四分衛可能以「喝、喝、喝」的叫聲示意腿間傳球，隊友聞聲便會遵從指示；教育班長喊出「一、二，啊——哈！」後，步兵則會聽令以行軍的節奏用力踏步——這一切，都是聲音、韻律與音樂的效果。

CASE STUDY

琳達的說明：琳達的客戶寫了一部關於蝴蝶的動畫音樂劇，在劇中，蝴蝶明明該遷徙到比較溫暖的墨西哥過冬，但卻留在原處，想建造小

屋做為遮蔽。對於飛往墨西哥的旅程，群體中的多數蝴蝶都十分恐懼，因此害怕離開和知道留下來更危險的兩群蝴蝶之間，出現了鮮明的對比。

在聲音的使用上，作者可以參考《七對佳偶》（*Seven Brides for Seven Brothers*）中眾人協力建造穀倉的場景：當中有靴子的踩踏聲、「喝、喝、哈！」的叫聲、「嘿唷！」、「哎呀！」、「嗚！」、「噢！」和「啊呀呀！」等發語詞，更有表示鼓勵的拍掌與呼喊聲，就連正好在院子周遭徘徊的母雞發出的啼叫，都讓那一幕更顯熱鬧。

伊莫拉提斯博士在最高的枝頭上，用捲起來的葉子當擴音筒，以蝴蝶的顫音對同胞發出呼喊。

伊莫拉提斯博士

唷呼、唷呼、唷呼、唷呼，準備過冬囉，我
們得加緊腳步，在天氣變冷前把屋子建好！

樹的各處都有蝴蝶在敲敲打打，構築著數千個家。

蝴蝶三四二號

隔熱。

蝴蝶五六八號敲著石頭唱道：

蝴蝶五六八號

喝、喝、喝，隔熱，隔熱，隔熱。

蝴蝶群一邊造屋，一邊唱起「隔熱之歌」。

蝴蝶群

我們蓋房，喝、喝、喝。

我們築床，喝、喝、喝。

蓋得又暖又溫馨，喝、喝、喝；建得舒適又

好睡，喝、喝、喝。

大樹的每個角落都有房子在建造……

快完成時，太陽也逐漸落下。這時，樹已成了龐大的社區。

琳達的說明：最後一幕其實可以透過對比手法，呈現建屋和遷徙派建出來的房子有何差別。或許想遷徙的蝴蝶築出了面南的大陽台，望出去一片開闊湛藍，這樣的場景便可象徵對大自然的嚮往。

約翰改寫版本

伊莫拉提斯博士在最高的枝頭上，用捲起來的葉子當擴音筒，以蝴蝶的**顫音**對同胞發出呼喊。

伊莫拉提斯博士

唷呼、唷呼、唷呼、唷呼，準備過冬囉，我

們得加緊腳步，在天氣變冷前把屋子建好！

蝴蝶群將錘子、鋸子、斧頭、鑿子和刨子蒐集到大樹各處，開始**敲敲打打**，要建出數千個家。

（這時，有蝴蝶開始唱起隔熱／遷徙之歌）

蝴蝶三四二號

隔熱。

翅膀顏色豐沛的年輕怪翅蝶砰、砰、砰地敲著樹皮，聽起來很
生氣。他停下動作，環望四周。
蝴蝶五六八號邊敲邊唱：

蝴蝶五六八號

喝、喝、喝，隔熱，隔熱，隔熱。

怪翅蝶

錯！錯！錯！遷徙，遷徙，遷徙。

許多年輕蝴蝶都停下手邊的工作，轉頭看向怪翅蝶，發出咿、
咿、咿的叫聲。

年輕蝴蝶群

咿！咿！咿！我們要遷徙，遷徙，遷徙。

伊莫拉提斯博士帶領蝴蝶群開始一搭一唱。

伊莫拉提斯博士

專心建屋喝、喝、喝，最重要的是隔熱。

蝴蝶群

努力建屋喝、喝、喝，最重要的是隔熱。

怪翅蝶

誰管你們喝、喝、喝，遷徙才是正確的。

年輕蝴蝶群

（指向怪翅蝶）

他說的對喝、喝、喝，遷徙才是正確的。

伊莫拉提斯博士

專心造床呼、呼、呼，隔熱才會暖呼呼。

蝴蝶群

努力造床呼、呼、呼，隔熱才會暖呼呼。

怪翅蝶把錘子丟向石頭，砸出乒的聲音。錘子砰、砰、乒地彈
到一旁，年輕蝴蝶群則開口附和：
砰、砰、乒、乒、砰、砰、乒。

怪翅蝶

我才不要窩在這裡叮、鈴、噹，浪費我的好
翅膀，遷徙才是最正當。

他振翅發出噗窣、噗窣、噗窣的聲響。
年輕蝴蝶群也噗窣、噗窣、噗窣地振翅。

年輕蝴蝶群

有翅膀就要飛翔，高飛在天空徜徉，遷徙才
是最正當。

伊莫拉提斯博士

別聽蠢蛋亂呼喊，房子要舒適溫暖，隔熱是
千金難換。

蝴蝶群

天氣漸寒，蓋房才能在風暴肆虐下平安，隔
熱是千金難換。

蝴蝶群一前一後地鋸著木頭，發出嘎、嘎、嘎的聲響……
怪翅蝶和年輕蝴蝶群聚集到另一棵樹上嘲笑他們。

怪翅蝶與年輕蝴蝶群

我們要飛往花蜜鄉,保暖的祕密是翅膀,遷
徙才是最正當。

伊莫拉提斯博士用鋸子與錘頭敲出如莫札特作品的交響曲,指
揮蝴蝶群做工。
怪翅蝶和年輕蝴蝶群則敲錘製造出 Jay-Z 歌曲般的嘻哈旋律,
以示對抗。

蝴蝶群

喝、喝、喝、喝、喝、喝、喝,舒適溫暖才
快樂,像蟲般在家待著,隔熱,隔熱,隔熱,
喝、喝、喝、喝、喝、喝、喝。

怪翅蝶與年輕蝴蝶群

遷徙,遷徙,遷徙。

蝴蝶群

隔熱。

怪翅蝶與年輕蝴蝶群

遷徙。

蝴蝶群

隔熱。

怪翅蝶與年輕蝴蝶群

遷徙。

蝴蝶群

隔熱。

怪翅蝶與年輕蝴蝶群

　　遷徙。

蝴蝶群快完工時，太陽也逐漸落下。

這時，樹已成了龐大的蝴蝶社區。

至於怪翅蝶和年輕蝴蝶群則像噴射機一般，在四周窸窸窣窣地

繞，接著便飛走了。

LESSON 9

在溝通中加入方言與腔調

許多人會把方言和腔調搞混，其實兩者並不同：前者指的是特定文化群體使用的詞彙、文法與發音，後者則是講特定方言的人發音的方式。

美國和英國都講英文，但各有不同的詞彙與發音，所以算兩種方言。在主要方言之下，還有各式各樣的次方言與腔調，結構可簡單呈現為語言>方言>腔調。

美國有各式各樣的腔調，從波士頓腔、薩凡納腔、德州腔、中西部的鼻音腔，到阿帕拉契山脈各個次文化群體的腔調等等，不一而足，不過越往西走，差異度就越小。由於許多電影是在洛杉磯創作或重寫，編劇在耳濡目染之下，往往會將當地人的口音寫入作品之中。

來自不同地區的角色稱呼兩人以上的對象時，說法也各不相同，其中包括you all、yous、youse、you lot、you guys、you'uns、yins、you、other、y'all等等（這些詞都是「你們」的意思），可見美國的腔調多麼豐富。麻薩諸塞州的人叫子女「孩子」（children），但在阿肯色州東部則稱為「年輕人」（young'uns）。

琳達唸「about」(「關於」之意)時會唸成「aboot」,所以常有人問她是不是加拿大人,不過她來自威斯康辛州北部,只是因為毗鄰加拿大,所以有點被傳染而已。事實上,密西根、威斯康辛和明尼蘇達州等地區也都因為早期有北歐移民,使得口音受到影響。

　　角色如果來自英國,寫對白時就得決定要用倫敦東部的口音、蘇格蘭土腔或輕快的愛爾蘭腔,而這些大致的區域中也還有許多不同腔調可選。《脫線舞男:一路到底》(The Full Monty)中的角色來自英國雪菲爾(Sheffield),所以口音特殊,電影《舞動人生》(Billy Elliot)裡的比利・艾略特則是達拉謨郡(County Durham)人,腔調又完全不同。在最新的《舞動人生》百老匯改編版中,製作團隊曾考慮將劇本美國化,讓觀眾比較容易瞭解,結果引發強烈抗議,所以仍維持原樣,與在倫敦演出的版本相同。

　　許多電影明明是美國片,裡頭講的也是英文,但角色在說什麼,卻連美國人自己都很難聽懂;同樣的情況也可見於英國電影,原因經常在於東倫敦腔(Cockney)、曼徹斯特(Manchester)腔、伯明罕(Birmingham)腔、達拉謨腔或威爾斯(Wales)煤礦開採區附近的腔調太重,有時,來自中西部的美國人甚至會以為角色講的不是英文。

　　會講多種語言、看非母語電影的人很多,所以編劇與導演會希望能打造出德國、日本、克羅埃西亞、俄羅斯、巴西和世界各地的人都能看懂的電影。既然如此,我們該如何在忠於角色聲音的同時,寫出全球觀眾都能理解的對白呢?

　　道地說法與有效溝通間,有一條細微的界線,創作者必須兩者兼顧。對白不能寫得難以理解,畢竟大家去看電影,都不希望耳裡盡是聽不懂的無謂叨唸,而是想體會角色感受,不必猜想片中人物在說什

麼，就能掌握故事發展。如果聽不懂對白，那可就難以與角色建立最重要的連結了。

　　面對各式各樣的角色，創作者有責任賦予他們不同的聲音，實際寫法依故事背景而定，不過在多數情況下，我們都會寫入來自多元次文化團體的角色，以及差異性甚大的說話方式。如果完全不用方言或腔調，角色卡司會十分受限，劇本也會顯得不夠實際。

　　近年來，演員陣容已不再全是英文母語的白人，這樣的改變是為了更貼切地反映真實世界；同樣地，讓各角色間有所區別也向來都是創作者的挑戰。要想做到這點，不妨多加利用語義變異、區域性發音及口語說法。

　　這個主題算是地雷區，但我們仍鼓勵各位小心探索、謹慎前行。在寫作中使用方言和口音時，可能發生的問題並不少：在多數情況下，我們所寫的都是與自己相當不同的角色，對於角色的方言與腔調，也只能從旁觀察，所以很容易會落入刻板印象與陳腔濫調的陷阱，甚至把不同地區的方言混在一起，譬如在《脫線舞男：一路到底》中，有些角色的腔調就不屬於故事發生的地點雪菲爾，而是約五十公里遠處的地方口音。

　　創作者無論多努力地想把腔調寫對寫好，都還是可能遭到批評。雖然演員通常會和指導老師合作，研究方言與腔調方面的細節，但如果一開始就沒把這些元素寫入劇本，那還有什麼戲好唱？而且事實上，方言不僅能帶來平時不常見的詞彙與口語用法，還能使對白產生新的韻律與態度。

　　所以創作者究竟該怎麼做呢？請各位勇敢去闖，去利用這些可能吧，畢竟最終的效果是很值得我們努力的。

腔調能傳遞哪些資訊？

　　方言能讓我們聽出角色從哪裡來，腔調則會顯示角色生活於哪個特定區域。約翰來自田納西州曼非斯（Memphis），南方口音很重，但因為他夏天都住在阿肯色州，所以也感染了德克薩卡納（Texarkana）的腔調，只要是不在母音之前的「r」，全都會發音（換做是薩凡納腔，r則是不發音或併入母音一起唸，譬如德克薩卡納會唸成「Tex-ah-kana」，而約翰的版本則是「Tex-ar-kana」）。他七歲時搬到阿拉巴馬州，南方腔因而更加濃厚，接著搬到喬治亞州亞特蘭大，又到印地安納州生活了兩年，才再回曼非斯，而且全都是在十歲之前。所以，當時的他說話大概是拉長音的南部腔和印地安納州的胡希爾（Hoosier）腔混搭，各位能想像聽起來是怎樣的嗎？

　　後來，約翰搬到密西根州一個鄰近底特律的地區，在當地就讀天主教學校。校內的修女長不讓他在聖誕劇中演耶穌，理由是「耶穌講話可不是這種鄉巴佬腔」。不過他在大學主修戲劇後，終於靠著演說與聲音老師的善意協助，改掉了混雜美國中西部各地口音的怪腔調。

　　他到紐約攻讀藝術碩士時，也得修習演戲課程，並在過程中改掉了僅存的一點地方口音，不過若在他非常疲憊時很仔細地聆聽他說的話，有時還是能聽出些許的南方風味。

　　《窈窕淑女》中的語言學教授亨利‧希金斯說：「是愛爾蘭或約克郡人，聽口音就能輕易分辨。無論對方是來自十公里外或離倫敦三公里的地區，甚至只是住在兩條街外，我從腔調中都聽得出來。」

　　腔調是許多人在主觀評判時的依據，在他們眼中，口音決定了社會階層與地位（不過當然，這種人通常不會質疑自己的腔調）。希金斯

教授曾指出伊莉莎的問題在於說話方式，如果能改變，社會階級也會有所提升：「她之所以困在社會底層，並不是因為衣著破爛、滿臉髒汙，而是因為她老是把**哎由尾呀**和**騙肖**這類的話掛在嘴上。」

除了從賣花女化身公爵夫人的伊莉莎外，也有其他角色知道如果想往上爬，就必須重塑說話技巧：《上班女郎》（*Working Girl*）中的泰絲上演說課，希望能獲得升遷；《此情可問天》（Howards End）的倫敦人李奧納多則為了改善生活，而不斷提醒自己不要省略「h」的音，而且要把「walking」中的「ng」唸出來。

著名的黑人奧斯卡影帝薛尼‧鮑迪（Sidney Poitier）來自巴哈馬（The Bahamas）的窮苦人家，有很濃的加勒比海腔。他在紐約當洗碗工時，看到徵演員的廣告並參加了試鏡，結果卻因口音太重、閱讀技巧不佳而被攆下舞台。於是他下定決心，在接下來的半年內不斷聽收音機播報員說話，後來去應徵哈里‧貝拉方特（Harry Belafonte）的替補演員時，便一舉選上。

口音能為故事注入背景，呈現角色的養成，但絕不該用來強化階級、教育及信仰方面的偏見，創作者若對這些議題有所主張，應該要透過人物的行為與對白來說明才比較恰當。

發音的侷限

想寫出能定義角色特質的語言模式，就必須瞭解各種文化背景的人說話的方式。事實上，許多方言與腔調的形成，都是取決於舌頭、嘴唇和下顎能發出哪些聲音。我們還在蹣跚學步時，就開始學說話，並練習使用嘴巴，長時間經由字詞的塑形和旁人的影響後，能發的音

與能說的話就會漸漸固定。

　　舉例來說，來自中西部的琳達一輩子都無法用西班牙文說出狗（perro）這個字，因為她發不出「r」的捲舌音，雖然學過兩年西文，也去過西語系國家好幾次，但仍學不會。如果哪天她必須唸出「perro」這個通關密語來保命，那我們大概都得為她哀悼了！

　　琳達有位日本醫生常會請她想些帶有「l」音的難字，以做為自己英文發音練習的素材，譬如「loquacious」（話多）、「lollygag」（四處晃蕩磨蹭）和「paradiddle」（小鼓發出的咚咚聲）等等，但醫生如果參加以「lollygag」為暗號的祕密任務，表現大概也不會比琳達唸「perro」時要來得好！

　　各位不知道還記不記得電影《聖誕故事》（*A Christmas Story*），這部作品是由吉恩・薛佛（Jean Shepherd）、鮑伯・克拉克（Bob Clark）和雷伊・布朗（Leigh Brown）改編自薛佛的廣播獨白秀《我們相信上帝：其他人全都付現》（*In God We Trust: All Others Pay Cash*）。片中的中國服務生在聖誕晚餐會上唱〈裝飾大廳〉（Deck the Halls）時，把當中的「Fa la la la la」唱成「Fa ra ra ra ra」，但其實，這種發音錯誤比較常見於日本人身上。在描寫亞洲血統的角色時，要盡量避免犯這種錯，也得小心其他刻板印象，並對文化深入研究，才能把角色腔調寫得真實、道地。

　　在彼得・基雷利（Peter Chiarelli）和愛黛兒・林（Adele Lim）改編自關凱文（Kevin Kwan）小說的電影《瘋狂亞洲富豪》（*Crazy Rich Asians*）中，鄭肯飾演的高偉門在他宮殿般的新加坡豪宅招呼女兒的大學同學瑞秋時，先是故意結結巴巴地用中國腔講了幾句破英文，接著才用流利的美式英文補充「沒有啦，我是逗妳的。」在這短短的互動

中，這部片的華裔編劇、導演和演員粉碎了一般大眾對亞洲人講英文的刻板印象。

約翰從前上措辭與發音課時，班上有位日本人怎麼樣都無法把舌尖頂到上排牙齒後方，發出「l」的音，如果通關密語是「lollipop」的話，他大概就得和琳達一起站到牆前被處決了。演員鄭肯說得很好：「腔調本身不那麼重要，重要的是腔調之下所隱含的角色特性。角色要有層次而且多面向，才會吸引人。」

方言與腔調千萬不能用來讓角色顯得愚昧，而是得成為翻轉大眾刻板印象的途徑。事實上，把口音寫入對白之所以有趣，其中一個原因在於這麼做能顛覆一般人對角色所屬文化與種族的看法，讓觀眾或讀者愛上角色的個體性與獨特之處。

某些音對兒童來說也特別難發，譬如嬰兒說話時，可能會以其他聲音來取代「l」，原因很簡單，就只是他們還沒學會唸「l」而已。琳達的妹妹荷莉小時候發不出「l」和「d」的音，所以總把她叫成「銀妮」（Hinny），而這也成了琳達的綽號，一直到她大概六歲時，家人和親近的朋友都這麼叫她。這個小名以前只有他們知道，不過現在可就不是如此囉！

呈現方言的韻味

寫作時，必須探尋語言的韻味。《舞動人生》中的比利吃了祖母做的糕點後擠出鬼臉，用英國東北部的腔調說了「mank」（意為「噁心」）這句方言，觀眾大概都能看出點心並不怎麼好吃（某些地區的說法則是「manky」，是「不對勁」或「發霉」的意思）；比利的父親對正在播

柴契爾夫人演說的收音機大吼：「Turn that bloody witch off, will you!」（該死的女巫婆，拜託關掉好不好！）由此，我們不僅能看出他的態度，也會知道「bloody」在這個情境下是什麼意思。

　　由於清楚的情境已讓觀眾瞭解這個字，所以之後就可以再使用。上舉的「bloody」這個例子比較簡單，畢竟許多人大概本來就已經知道是什麼意思，所以不需多加說明，只要決定使用頻率即可。

　　那「skeert」呢？如果角色穿著靴子的雙腿在發抖，那大概不難看出這個字就是「scared」的變體，是害怕的意思；如果角色拍拍小孩的頭，微笑說出：「You're a bonny bairn」，我們大概不難推測出「bairn」這個蘇格蘭中部用語指的是「孩子」（bonny bairn是「好孩子」的意思）。如果我們跟希金斯教授一樣擁有專業知識，則會知道使用這個詞的角色來自哪裡，又大約是幾歲。

　　世上某些地方對於詞彙的使用非常精確、講究，如果沒能事先瞭解，到了當地大概會有點無所適從。琳達早期辦研討會時曾到過澳洲，當時，她探討了「為主角歡呼」（rooting for the protagonist）的概念。在美式英文中，「root」有「喝彩」的意思，若要說為主場的棒球隊加油，就可以用這個字。不過，澳洲聽眾看起來有點困惑，所以琳達也不太確定他們到底有沒有聽懂。

　　後來在休息時，一位好心的聽眾把琳達拉到一旁向她解釋，說「root」在澳洲英文中其實是發情、交配的意思，還說曾有美國老師因為用到這個字而被炒魷魚！她聽了不禁倒抽一口氣，慶幸自己只是教授一天的研討課程。休息時間結束後，琳達告訴大家她不知道這個字真正的意思，幸好有人向她說明，結果全班**一片靜默**，顯然並不覺得這事有趣。

所以，在寫完內含方言的橋段後，最好請擁有該文化背景的人幫忙檢查，確定是否寫得正確、到位，以免丟了工作，甚至鋃鐺入獄。現在，琳達在澳洲想點沙士（root beer）時，都會有點猶豫，畢竟誰知道說出口後，會不會丟臉到無地自容。先前討論的「bloody」這個字，甚至還曾在英國歷史上的某段時期被審查人士禁用呢！

呈現腔調的韻味

　　在倫敦腔和某些腔調中，「h」和「g」都不發音，「a」則會唸成「i」，譬如《窈窕淑女》中的伊莉莎就曾唱道：「Someone's 'ead restin' on my knee, warm and tender as 'e can be, who tikes good care of me」，如果以一般發音呈現，這句話應該寫成「Someone's head resting on my knee, warm and tender as he can be, who takes good care of me」，意思是「會躺在我腿上休息、對我溫柔、給我溫暖並好好照顧我的人」。

　　某些腔調則是不發「r」的音，所以「never」（永不）會唸成「nevah」；又或者以「d」來取代「th」的音，像是把「them」（他們）讀成「dem」；此外，某些字會唸得既快又短，如「your」（你的）變成「yer」——這些資料都不難查到。

　　在許多美國南部的州，母音都會拉長，唸得像雙母音一樣，譬如「ten」（十）可能變成「tee-in」，「store」（商店）則唸做「stow-ur」。這樣的變化可寫在劇本當中，再由腔調老師指導演員該如何唸得精確，畢竟南方腔有很多種，要是在故事一開頭操德州和阿肯色州一帶的口音，結束時卻彷彿是南卡羅萊納州來的，那可就不好囉！

　　創作者在描寫腔調時，通常都得花時間細聽，然後自己開口說，

再以好懂的方式呈現，並可搭配使用動作與手勢，讓觀眾在遇到從未聽過的說法時，能比較容易理解。

尋找正確的聲音

在旁人說話時，細聽是否有哪些音經常重複，如「r」、「d」、「s」等等。有些人會因為「d」比較好發音，所以用來取代「th」，這可能是使用嘴巴與舌頭的方式使然，或是說話者的母語中沒有「th」這個音，所以從沒學過該怎麼唸。

在《奴隸集中營：最後一批「黑色貨物」的故事》（*Barracoon: The Story of the Last "Black Cargo"*）一書中，作者佐拉・妮爾・赫絲頓（Zora Neale Hurston）訪問了在一八六〇年搭乘最後一艘非州奴隸船抵達美國的黑人，他的英文名字叫庫德裘・路易斯（Cudjo Lewis），是船上最後一位仍在世的奴隸。路易斯於一八六五年獲得解放，而赫絲頓在一九二七年多次與他訪談，並把他特殊的說話方式也寫入書中，譬如以「d」來取代「th」就是其中一例。在第二十一頁的某一小段中，他就曾提到「de father」（the father，父親）、「de man」（the man，男人）、「dass right」（that's right，沒錯）、「derefore」（therefore，因此）、「de wife dat go」（the wife that go，離開的妻子）。

馬克・吐溫（Mark Twain）的《頑童歷險記》（*The Adventures of Huckleberry Finn*）中，也有許多「d」的音，在吉姆的對白裡又重複得特別多。吉姆生存於和路易斯相差不遠的年代，是逃脫的黑奴，說話的口音大概是這樣：「I doan' want to hear no mo' 'bout it. Dey ain' no sense in it」（I don't want to hear no more about it. There's no sense in it，意思是「我不想再聽了，這根本沒道理」）；此外，他也會說「dis」（this，這）和「dat」（that，那），像是：「Well den, dis is de way it look to me, Huck」（Well then, this is the way it looks to me, Huck，意思是「總之啊，哈克，在我看來就是如此」）。

馬克・吐溫和赫絲頓一樣，都希望能寫得真實、道地，他想捕捉密蘇里州派克郡（Pike County）地區的方言，也確實將七種（或八種，各派學者看法不同）寫入了書中，其中包括密蘇里西南部的一種反讀法、該州的黑人奴隸方言，以及讀過書和未受過教育的白人所用的不同方言。

即便如此，馬克・吐溫和赫絲頓還是難免遭受批評，不過眾人對於他們的細膩度和對道地用法的重視，仍多表推崇。在腔調描繪方面，兩人的作品都寫得十分容易理解，同時也不失味道，各位在讀的時候，可以觀察自己是否會認定說話有某種口音的人「沒受過教育」——這種潛意識的偏見，創作者必須努力避免，否則角色很容易會變得平板無聊，不過該怎麼做呢？

在方言與腔調中尋找詩意

無論在哪種文化之中，也無論教育程度高低，語言都是由聲音與韻律所組成，所以任何語言都有詩的可能。要想增添角色層次，我們必須找出語言的美妙與獨特之處。各位可以把以下段落朗誦出來，這樣會更能聽出並感受到當中的韻律。

與赫絲頓訪談時，路易斯描述了他在一八六〇年被奴隸船從非州載到美國的經歷：

老天哪，我債海上時好嗨怕啊！那水啊，你知道嘛，聲音真的好大啊！就好像野獸債樹崇裡狂吼啊！而且海上的風實債好大聲啊，老天！船有時候好像要掀到空中，有時候又好像要沉到海底……

Oh Lor'. I so skeered on de sea! De water, you unnerstand me, it makee so much noise! It growl lak de thousand beastes in de bush. De wind got so much voice on de water. Oh Lor'! Sometimes de ship way up in de sky. Sometimes it way down in de bottom of de sea . . .

而在愛爾蘭劇作中，經常會有輕快而起伏有致的優美愛爾蘭腔，會讓人不由自主地受到當中的韻律感染。譬如在保羅・文生・卡羅（Paul Vincent Carroll）的劇本《陰影與本質》（*Shadow and Substance*）中，歐弗林斯利說：「我不相信愛，」而名字源自聖徒聖布麗姬（St. Brigid）的布麗姬則這麼回答：

聖布麗姬信。昨晚新月時分，她站在我床邊，我說：「是新月啊，願神祝福，」然後也祝福自己。她露出無聲的微笑，雙眼如鏡子般映照明月，站在那兒眺望山丘上的巨石，低聲說話。我靠近她時，她說山丘和很久、很久以前相比，一點兒都沒變，她也因而想起神的提醒：人類該不斷、不斷累積心中的養分，而不是驕傲而無謂地用石頭與砂漿胡亂堆積。

Saint Brigid does. She stood near me at the bed last night when the new moon was in it. I said, 'There's the new moon, God bless it.' And I blessed meself. And she laughed without any noise and her eyes had the moon in them like a mirror. She stood lookin' out at the boulders of the hills and her speakin' low. Then she said when I came close to her that the hills were just like that long, long ago and that they were God's hint to man to build in the heart for ever and ever, instead of with stone and mortar and the pride that puts a stone on another stone without meanin'.

約翰・米林頓・辛格（John Millington Synge）在劇本《騎馬下海的人》（*Riders to the Sea*），也使用了優雅的愛爾蘭腔：

這次，他們全在一起，結局已在這裡。願全能的神賜福巴特里的靈魂、麥可的靈魂、錫麥斯和派奇的靈魂、史蒂芬和尚恩的靈魂；願神也賜福我與諾拉的靈魂，並憐憫繼續存活在這世上的所有靈魂。

They're all together this time, and the end is come. May the Almighty God have mercy on Bartley's soul, and on Michael's soul, and on the souls of Sheamus and Patch, and Stephen and Shawn; and may He have mercy on my soul, Nora, and on the soul of everyone is left living in the world.

若把這些台詞大聲唸出來，就會發現當中有韻律、節奏與特定的詞彙，還會自然而然地感染愛爾蘭人說話時的韻味。好的對白能刻畫出精彩角色，如果能幫助演員進入狀況，那更是再好不過啦。

非母語人士的對白

創作者常會寫到移民、難民和外國人等各種角色，這些人的母語不是英文，在許多劇本與電影中，常以不擅言詞或只會老套用語的形象出現，但在某些作品中，又會操著一口流利到不太合理的英語，因

此，我們必須親自進行調查與分析，深入瞭解角色後，才能賦予個體性與獨特性。

多數人在學語言時，都是從短句與大約五十個字詞開始，無論在哪種語言中，大家最早學會的不外乎是「你好」、「再見」、「謝謝」、「我是」、「我想」、「在哪」、「對」、「不對」、「我來」、「我做」等等，大體上都是很簡短的用語，無法構成對話，只能用於基本溝通。

英文母語人士在學其他語言時，得分辨正式與非正式稱呼的使用時機；雖然英文中的第二人稱代名詞只有「you」一種，但仍有「哥們」（buddy）、「兄弟」（bro）和「夥伴」（chum）等較親近的說法，即使是母語者，在學習過程中都可能會不確定該怎麼用；若是來自非英語系地區，則可能過度使用「先生」（sir）這類的正式稱呼。某些國家習慣在名字之後加上「夫人」（ma'am）一詞，譬如「伊莉莎白夫人」。這樣的說法在多數情境下應該都沒問題，但如果對象是伊莉莎白女王（Queen Elizabeth），那可就不行啦！

嬰兒在學說話時，常以指東西的方式來結束句子，就好像觀光客會努力用外語說出「哪裡……」，然後指向旅遊書裡的某個地點一樣，不過當地人也不太會聽他們到底說了什麼，而是會直接看向手指的地點來回答。

剛學英文的人通常不太會用未來式和過去式，所以常以現在式來代替，譬如「I see them yesterday」（我昨天看到他們，在本句中，動詞 see 應該要改成過去式的 saw），或者「He come yesterday」（他昨天來過，同理，come 要改成 came 才對）。

要為說話方式增添風味，有個好方法是安排角色使用一些母語人士不常用的詞，至於確切內容為何，有時則取決於角色學英文的途徑：

或許是在說英文的國家習得，所以也學到了一些不太禮貌的街頭用語？或許是在大學修過課？如果是這樣，那教課的老師是否來自英語系地區？是英國人還是來自中西部偏北的美國人？角色是否會使用文法正確，但母語人士不常用的說法？

在《情定日落橋》（*A Little Romance*）中，十三歲的法國男孩丹尼爾和開計程車維生的父親同住在巴黎，街頭生活經驗豐富的他因為看亨佛·萊鮑嘉（Humphrey Bogart）的電影而學會了英文，並參考「鮑式電影」中的對白，來追求父母當時在巴黎拍片的蘿倫，結果萊鮑嘉的「敬你的美貌」（Here's looking at you, kid）等台詞還真的讓他贏得了她的心。蘿倫一角由黛安·蓮恩（Diane Lane）飾演，這部片可是她的大螢幕處女作！

一般可從Rosetta Stone、Babbel、Duolingo等語言學習軟體以及電影、街頭學到的用語都不難理解，能夠定義說話者文化特徵的，其實是使用這些字詞的方式，譬如紐西蘭人或許會說：「我們休息一下，把信郵寄出去，接著再上路。」（We'll take a little rest, post the letter, and then we'll go on.）同樣的話換成美國人講，則可能會變成：「我們先睡一下，把信拿去寄，然後就走吧。」（We'll take a nap, mail the letter, and then get going.）兩句話都淺顯易懂，但用詞和說法稍有不同，所以能呈現出角色差異。

注意方言中的詞彙和口語用法

許多地區都有一些古怪用語，譬如在美國南方的田納西州，「給我點糖」（Gimme some sugar）其實是「親我」的意思，如果沒住過當地，

大概會直接把糖罐遞給女方，看人家露出傻眼的表情，還一頭霧水。

在密西西比州，若有人說「神最愛他」（God love 'im），意思其實是他這個人非常討厭，除了神以外誰都不愛，但北方人大概會誤以為是友善的宗教祝禱！如若以北方色彩濃厚的用語，跟來自阿拉巴馬州的人說話，通常會得到「上帝保佑你的心」（Bless your heart）這類的回應，意思其實是「你的價值觀顛三倒四，所以心靈需要上帝保佑」。

當你很生氣時，如果剛好身在英國，大概會有人叫你「別把內褲打結！」（Don't get your knickers in a knot!）；人若在美國西部，對方則可能會說你「馬鞍下有刺」（have a burr under your saddle），基本上，兩種說法都是用來在有人發怒、氣惱時，要對方冷靜下來。

英文中有許多固定的習慣用語，譬如「你知道自己有多幸運嗎？」（Do you know how lucky you are?），或者「她對他走過的每一吋土地都崇敬不已」（She worshiped the ground on which he walked，意思是對某人極度推崇、尊敬）等等。好的創作者會為特定文化中的常用說法注入創意，寫成不落俗套的對白。在電影《愛在心裡口難開》中，編劇布魯克斯和安卓斯把前句翻轉成「你知道自己幸運在哪嗎？」；而在《鋼木蘭》中，哈林則把後句改成了「她對他走過的每一吋流沙都崇敬不已」。

CASE STUDY ————————————————

琳達的說明：這一幕十分簡短，發生於二戰期間被日本占領的菲律賓。美國人貝絲在酒吧駐唱，但也身兼間諜，要蒐集情報。劇中的隊長是一名日本軍官。

貝絲

你都來一個星期了，還是自己一個人，簡直
就像孤獨的一匹狼。

琳達的說明：「狼」的意象在日本文化中能引發共鳴嗎？

你在馬尼拉完全沒有認識的人嗎？

隊長

對不起，沒有。渦上禮瓣才從甲胖來，連堆
上的軍官都不認識。

貝絲

你在這待一陣子後，就會交到朋友啦。

隊長

時間，沒有。渦只再待一週。

貝絲

那真是太可惜了，或許你不會派駐太遠，以
後還是可以常來馬尼拉。

隊長

沒版發……媽尼拉胎遠了，渦要去玲加延灣。

貝絲

林加延灣啊。軍方為什麼要派你到那麼遠的
地方呢……

琳達的說明：創作者為了確保讀者／觀眾知道隊長說的是「林加延
灣」，特意安排貝絲重複。這句台詞暗示隊長溝通不順，是否會讓他感
到惱怒呢？

……那裡不是平靜又安寧嗎？

隊長

尼女人，沒有懂戰爭。渦們登入那個低
訪……發現很容易到手，美國可能也發現。
渦們用力防守……很多士兵留那裡，遮樣尼
懂了嗎？

貝絲搖搖頭，用空洞的眼神看著他。這時，酒送來了。

貝絲

這麼年輕就掌管如此重要的駐點，我敬你。

琳達的說明：貝絲的言下之意是要傳達對隊長的喜歡與尊敬，因為這
麼一來，她或許就能從他身上挖出其他資訊。這一幕的結尾其實可以
加入一點挑逗意味，讓貝絲透過動作或手勢來強化潛台詞。

約翰改寫版本

約翰的說明：我決定在這幕中介紹兩名角色，除了替隊長取名外，也
擅自調整了貝絲的意圖，並透過潛台詞與行為來呈現。

口音方面，我覺得原版寫得不錯，對白中也呈現了特定的錯誤發
音，所以就直接延用。不過，我讓貝絲遲疑了一會兒，才聽懂隊長在
說什麼，並安排她重複某些字句，以免觀眾因為隊長的腔調而無法理
解；不過這幕演了一半之後，貝絲便已習慣他的口音，觀眾應該也是。

此外，我也在兩人的互動中多描繪了一些細節，並加入酒保一角，
透過這個角色的行為向觀眾進一步揭示貝絲的企圖。

室內場景 馬尼拉夜店 — 晚上 — 一九四三年

貝絲，二十九歲，風騷的美國人，站在台上的小型樂團前，對
著直立式麥克風低聲吟唱，雙眼凝視著台下的……
蜂須賀隊長，三十五歲，身穿附有固定式衣領的日軍制服，獨
坐在桌邊，慢慢品嘗著他的清酒。
貝絲把歌唱完後，拿起鋼琴上的酒，慵懶地晃到蜂須賀桌邊。

                    貝絲
    哎呀，水手先生，你剛搬來嗎？

                    蜂須賀
        （擠出笑容）
    渦不是水手。
        （抬高下巴）
    渦是帝國陸軍隊長……

                    貝絲
    我只是打個比方，沒有不敬的意思啦，隊長。
    你幾天前是不是也有來啊？

                    蜂須賀
    Hai。

                    貝絲
    你都來一個星期了，還是自己一個人，簡直
    就像孤獨的一匹狼。

                    蜂須賀
    骷顱的檳榔？

　　　　　　　　貝絲

　　（忍住笑意）

　你在馬尼拉是自己一個人嗎？沒有女朋友？

他端詳她的臉，挺起胸膛，把清酒乾掉。

　　　　　　　　蜂須賀

　對不起，沒有。渦上禮掰才從甲胖來……

　　　　　　　　貝絲

　所以你才剛從日本來呀？

她也把酒喝完。

　　　　　　　　蜂須賀

　　（又再擠出笑容）

　渦不是雖手！

　　　　　　　　貝絲

　　（想了一會兒才聽懂）

　你說水手啊！我知道你不是啦。

　　（裝出皺眉的模樣）

　我們美國人說話就是會有些討厭的用語啦。

　　　　　　　　蜂須賀

　遮樣啊！

　　　　　　　　貝絲

　　（指向他的杯子）

　還要嗎？

　　　　　　　　蜂須賀

　媽煩尼了。

她對酒保打手勢，示意他再送酒來。

> 貝絲（繼續）
> （對著蜂須賀）
> 我認識一個很可愛的女孩子，她會很想認識
> 你的。

> 蜂須賀
> 沒版發，渦只再待一週。

> 貝絲
> 那真是太可惜了，或許你會派駐在附近，以
> 後還是可以常來馬尼拉。

酒保端來了酒，放到桌上，面露詭詐地對貝絲點點頭。

> 貝絲（繼續）
> 算在我的帳上……

蜂須賀乾掉清酒。

> 貝絲（繼續）
> ……然後再給我朋友送一杯來。

酒保走回吧檯。

> 貝絲（繼續）
> 我說的那個可愛女孩啊……真的會很想認識
> 你喔。

蜂須賀

媽尼拉胎遠了。

貝絲

太遠？

蜂須賀

離玲加延灣胎遠。

貝絲

（聽懂了他的話）
你說林加延灣啊！的確是很遠沒錯。

酒保又再替蜂須賀端來清酒，放在他面前，並再次瞥了貝絲一眼，然後才離開。
蜂須賀馬上拿起清酒乾杯。

貝絲（繼續）

帝國軍為什麼要派你到那麼遠的地方呢？那裡不是很平靜嗎？

蜂須賀

尼女人，沒有懂戰爭。

貝絲

（露出性感的微笑）
哎呀，女人生來又不是要打仗的，我們有其他長處嘛。

蜂須賀

渦們登入那個低訪⋯⋯發現很容易到手，美
國可能也發現。窩們用力防守⋯⋯很多士兵
留那裡，遮樣尼懂了嗎？

貝絲

你們登陸那裡是嗎！原來如此，謝謝你解釋
給我聽！你這麼瀟灑帥氣，又掌管如此重要
的駐點，我敬你一杯。

LESSON 10

以詩歌寫作技巧增添對白層次

各位可能不覺得自己是小莎士比亞或什麼偉大的詩人，但想寫出頂尖之作，多少都會參考到文學史上各偉大作家所用的技巧。對白聽起來是得自然沒錯，但真正的日常對話往往過於平淡，很少能像精彩故事中的角色對白那麼有張力、有效果。

對白和詩歌一樣，都是由韻律與聲音所構成，所以審慎使用文學寫作技巧，能賦予各式人物強烈色彩，無論他們處於哪個世代都不例外（各位發現了嗎？這句中有押韻，大聲唸出來就知道了）。但對白必須是角色性格的延伸，本身不能太惹人注意，所以我們得對角色瞭若指掌，並努力精通語言技巧，才能以「明鏡反映人性」，並透過「在舌頭上輕快地跳躍」般清脆流暢的方式表達出來（這可是莎士比亞說的喔）。

格律

如果想向大師學習各種文學寫作手法，莎士比亞的作品無疑是珍貴寶庫。韻律是他最愛的技巧，會用於控制演員實際唸出對白的節奏，

其中常見的抑揚格五音步，各位想必都有聽過，基本上，就是每一行有五個由輕音和重音組合而成的音步：輕重、輕重、輕重、輕重、輕重。

1. 抑揚格

輕音／重音（-/），莎士比亞著名的十四行詩第三十首（Sonnet 30）就是採用這種格律，以下以小寫代表輕音，大寫代表重音：

Shall I comPARE thee TO a SUMmer's DAY?
能否，把你比喻為夏日？

這種韻律在英文中十分常見，如果想呈現平靜的時刻，譬如剛戀愛的雙方在一天之初要道別，就可以安排角色以抑揚格說話。

傑克：I'm ON my WAY to WORK. I'll SEE you IN the EVEning.
我要去上班了，晚上見。

吉兒：You're GONna LEAVE me HERE aLONE? I'll SUFfer
PANGS of LONGing WHILE you're GONE.
你要把我一個人留在這？你不在的時候，我會想你想到心痛的。

光是起伏有致的韻律，就讓吉兒的回應充滿甜蜜的氣息。

不過，演員不應為了製造節奏，而故意把重音唸得特別大力，而是該自然地唸出對白，讓節奏流露其中。

以下這段抑揚格五音步的例子，是《羅密歐與茱麗葉》（*Romeo and Juliet*）中的著名對白。請先以特別強調重音的方式大聲朗誦，觀察抑揚格五音步的格律，然後再以自然的方式重唸。

羅密歐：（握住茱麗葉的手）

    If I profane with my unworthiest hand

    This holy shrine, the gentle sin is this:

    My lips, two blushing pilgrims, ready stand

    To smooth that rough touch with a tender kiss.

    若我以不潔之手，褻瀆了

    這神聖的殿堂，請讓我承受這樣的輕罰：

    我的唇是兩位害羞的朝聖者，已準備好

    要用溫柔的吻，撫平那粗暴的觸碰。

茱麗葉：Good pilgrim, you do wrong your hand too much,

    Which mannerly devotion shows in this,

    For saints have hands that pilgrims' hands do touch,

    And palm to palm is holy palmers' kiss.

    虔誠的朝聖者啊，你太低估自己的手了

    你的手表達敬虔的方式並無不當，

    因為聖者會以手與朝聖者碰觸

    掌碰掌即是神聖的親吻。

羅密歐：Have not saints lips, and holy palmers too?

    聖者與朝聖者不都有雙唇嗎？

茱麗葉：Ay, pilgrim, lips that they must use in prayer.

    朝聖者啊，嘴唇是用來禱告的。

羅密歐：O, then, dear saint, let lips do what hands do.

    They pray; grant thou, lest faith turn to despair.

    親愛的聖者啊，讓嘴唇代替手吧。

    我的雙唇正在禱告，以免信念化做絕望。

茱麗葉：Saints do not move, though grant for prayers' sake.

    聖者即使應允信徒所求，心念仍不能動。

羅密歐：Then move not, while my prayer's effect I take.

    那就別動吧，且讓我實現我的祈求。

2. 揚抑格

重音／輕音（/-）

揚抑格音步與抑揚格相反，是由重音／輕音組成。以下的例子取自《李爾王》（*King Lear*）：

NEVer NEVer NEVer NEVer NEVer.
永遠永遠永遠永遠永遠不。

適時使用揚抑格，能凸顯角色的焦慮感受。

迪克：DARE i EAT more PRUNES beFORE she COMES?
　　　我可以在她來之前吃更多李子，要不要打賭？

奈特：NEVer WILL i EVer WITness SUCH a TRAgic MOMent!
　　　SWEAR off PRUNES forEVer OR you'll NEVer EVer
　　　FIND sweet LOVE aGAIN.
　　　我打死都不要見證這種悲劇場面！你給我發誓永遠都不
　　　再吃李子，否則就再也找不到甜蜜的愛人。

角色焦慮時也經常一併帶出笑料，所以如果想增強對白的搞笑度，不妨適時使用揚抑格。

3. 抑抑揚格

輕音／輕音／重音（--/）

克拉克・摩爾的著名詩歌〈聖尼古拉的拜訪〉就使用了抑抑揚格，而且每一句都嚴格遵守。

Twas the NIGHT before CHRISTmas, when ALL through the HOUSE

Not a CREAture was STIRring, not EVen a MOUSE.
All the STOCKings were HUNG by the CHIMney with CARE,
In the HOPE that St. NICHolas SOON would be THERE.
那是聖誕節前夕，整間屋裡大大小小
沒有任何人在吵，就連老鼠都不鬧。
長襪都已小心地掛到煙囪旁，
希望聖尼古拉趕緊來訪。

以文學作品中而言，愛倫坡的〈安娜貝爾・李〉（Annabel Lee）
也是很棒的例子。抑抑揚格固有的華爾滋式韻律和抒情調性，都讓作
品充滿懷舊之情。

請各位注意，在以下取自〈安娜貝爾・李〉的片段中，雖然乍看
好像有抑揚格，但其實所有音步都是三個一對。如果邊拍手邊大聲唸，
會發現自己很自然地在某些重音處連拍兩下，譬如第二行單音節的
「king-」（ki-ng-）和「by」（bah-eee）都占了一強一弱的節拍，雖然弱
拍並不是真正的音節，但由於嘴巴轉換於不同的聲音需要時間，所以
會占掉一拍；第三行的「lived」（liiiiiived）和「you」（youuuu）、第一
行的「year」、第四行「name」和第五行的「loved」也都是一樣的道理，
所以韻律仍是抑抑揚格，而且整首詩都遵守，不僅是以下段落而已。

It was MANy and MANy a YEAR aGO,
In a KINGdom BY the SEA,
That a MAIDen there LIVED whom YOU may KNOW
By the NAME of ANNabel LEE; —
And this MAIDen she LIVED with NO other THOUGHT
Than to LOVE and be LOVED by ME.
那是很多很多年前，

在海邊的一個王國裡，
那兒住著一位少女，你可能曾見過一面
她名叫安娜貝爾・李；──
這名少女人生沒有其他心念
只想愛人並沉浸在我的愛裡。

要想把抑抑揚格善用於對白之中，可仿效作曲家使用三連音來強化重音的手法，把關鍵字安排在兩個輕音之後，譬如：

You did WHAT?
你做了啥？

I beLIEVE that you WISH to be HEALED of your COGnitive DISonance.
我想你應該很想治好認知失調的問題。

下例取自塔倫提諾的《黑色追緝令》，當中的抑抑揚格效果十分出色：

馬沙看向圍觀者所指的地方，發現布區・古利吉就在街尾，
樣子十分狼狽。

馬沙

    I'll be DAMNED.
    我完蛋了。

大個頭馬沙掏出點45自動型手槍，圍觀者見狀紛紛退開。他往布區走去。
布區看見兇狠的馬沙以蹣跚的步伐直往他走去。

布區

Sacre BLEU.

我他媽見鬼啦。

馬沙舉槍發射，但傷勢太重、手舉不穩且頭暈目眩，所以沒能射準。

結果打到一名旁觀女子的屁股，讓她倒落在地。

旁觀女子

Oh my GOD! I've been SHOT!

我的天！有人射我！

　　以上所有對白都是以抑抑揚格寫成，每句最後都帶有關鍵字：damned、bleu、god和shot。若要使用這種格律，不妨參考上例。

4. 揚抑抑格

　　重音／輕音／輕音（/--）

　　揚抑抑與抑抑揚格相反，阿佛烈‧丁尼生勳爵（Alfred, Lord Tennyson）在〈輕騎兵進擊〉（The Charge of the Light Brigade）中就以此營造出相當出色的效果。

HALF a league, HALF a league,
HALF a league ONward,
ALL in the VALley of DEATH
RODE the six HUNdred.
'FORward, the LIGHT Brigade!
CHARGE for the GUNS!' he said.
INto the VALley of DEATH

RODE the six HUNdred.
半里格，半里格，
前進半里格，
六百名輕騎兵
全都進入死亡之谷，
「輕騎兵！衝向
槍炮！」他命令
六百名輕騎兵
全都進入死亡之谷。

揚抑抑格在古希臘與拉丁詩作中十分常見，就連現代詩也會用來營造正式感與冠冕堂皇的風格。如果想讓角色表達輕蔑、不屑或鄙視，可以在對白中加入幾組揚抑抑格的音步，譬如：

THIS is the KIND of preTENsion you FACE when you ENter the
WORLD of ceLEBrity. NINEty perCENT of the PEOple I MEET
remain BLIND to the BOUND'ries of OTHers.
進入名流的世界後，就是得面對這種裝腔作勢。在我遇到的人之中，有百分之九十，都對他人的界線視而不見。

5. 揚揚格

重音／重音（∕∕）

6. 抑抑格

輕音／輕音（--）

最後兩種音步（希望各位讀到現在還沒頭昏，是「音步」，不是神奇寶貝的「伊步」喔）是揚揚格與抑抑格，前者是由兩個力道相當的

重音所組成，莎士比亞在劇作《特洛伊羅斯與克瑞西達》(*Troilus and Cressida*)中曾用到：

卡珊卓：CRY, CRY… or else LET HELen GO.
　　　　哭吧，哭吧……否則就讓海倫走吧。

揚揚格會迫使說話者放慢速度，確實地用力讀出兩個重音。

抑抑格則相反，是由兩個輕音組成，唯一的用途就是當做揚揚格之前的鋪陳，譬如丁尼生勳爵的詩作〈悼念〉中就有這麼一句：

When the BLOOD CREEPS and the NERVES PRICK.
當血液寒顫，當神經緊張。

節奏

有時，角色說話必須夠快，以帶出節奏，但有時又得放慢下來。掌控節奏的責任多半落在演員身上，譬如吉米・史都華（Jimmy Stewart）非常想獲得亞佛烈德・希區考克（Alfred Hitchcock）的青睞，飾演《北西北》(*North by Northwest*)中的機敏角色羅傑・桑希爾，但希區考克仍選了卡萊・葛倫（Cary Grant），原因就在於後者說話比較「迅捷流暢」。

在一九三〇和四〇年代的許多脫線喜劇中，都有交互重疊的快步調巧妙問答，換言之，作者必須知道該如何寫出唸起來像機關槍的對白。以我們先前探討、賞析過的格律而言（各位應該有試讀幾句，親身實驗該如何唸清楚吧？），抑抑揚和揚抑抑格最容易寫得流暢。

除了速度之外，也得注意母音與子音的使用方式，盡量不要迫使舌頭在口腔內部前後來回移動，也要避免太過頻繁地切換於用舌尖與舌根來發的音，否則發音器官會必須不斷調整形狀，以發出開口、閉口母音及完全不同的子音，譬如：

The six sick Sheik's sixth sheep's sick
第六名生病的酋長的第六隻羊生病了。

要分析這句話並不難，只要大聲唸出來就會發現，若要把每個字都正確讀出，舌頭的尖端、側邊與根部都會十分費力；在應答快速又機敏的場面中，這種對白可行不通。

要再來個例子嗎？（別說我故意懲罰大家喔！）沒問題。下例究竟源自何處，沒有人知道，但內容是獻給以兒童繪本聞名的蘇斯博士（Dr. Seuss）：

Give me the gift of a grip-top sock,
A clip drape shipshape tip top sock.
Not your spinslick slapstick slipshod stock,
But a plastic, elastic grip-top sock.
None of your fantastic slack swap slop
From a slap dash flash cash haberdash shop.
Not a knick knack knitlock knockneed knickerbocker sock
With a mock-shot blob-mottled trick-ticker top clock.
Not a supersheet seersucker ruck sack sock,
Not a spot-speckled frog-freckled cheap sheik's sock
Off a hodge-podge moss-blotched scotch-botched block.
Nothing slipshod drip drop flip flop or glip glop
Tip me to a tip top grip top sock.

送我頂部止滑的襪子當禮物，
剪裁有皺褶又乾淨的高級襪。
不要你那些虛有其表又荒唐馬虎的紡紗庫存，
而是要頂部有彈性塑膠材質能止滑的襪子。
不要你那些看起來漂亮但其實是跟人換來的邋遢鬆襪
大概是從輕浮俗豔又只收現金的服飾店換來的吧。
不要有小裝飾的那種專給膝蓋內翻的人配燈籠褲穿的針織襪
就是附有耍詐假死那種髒汙倒數時鐘的爛襪，
不要塞在旅行袋裡的超薄泡泡紗襪，
不要全身是斑猶如青蛙的小氣酋長穿的那種襪子
不要被苔蘚和威士忌弄髒如大雜燴的襪子
不要滴滴答答、劈劈啪啪或吱吱嘎嘎
只要送我頂部止滑的高級襪。

　　如果角色戲謔地互開玩笑，應答速度又非常快而緊迫，那絕對不能寫入上例這種對白……除非你對某個演員特別有意見，或對方對你使出過什麼卑鄙手段，讓你非得報仇不可。

　　所以要想確保對白能流暢地宣洩而出，到底該怎麼寫呢？創作者無法控制選角流程或演員技巧，只能把台詞寫好，希望演出者也能流利唸好。因此，如果故事場景需要喋喋不休、叨唸不停的角色，那請盡量採用發音部位在舌尖的音，譬如以下這段作者不詳的知名繞口令：

What a to-do to die today, at a minute or two to two;
a thing distinctly hard to say and harder still to do.
We'll beat a tattoo, at twenty to two
a rat-tat-tat- tat-tat-tat- tat-tat-tattoo
and the dragon will come when he hears the drum
at a minute or two to two today, at a minute or two to two.

今天的待辦事項是死亡，時間在一點五十八分；

這事說出口很難但實際去做更難。

我們會在一點四十分擊鼓

咚咚隆咚咚咚隆咚咚擊鼓

龍聽到鼓聲會現身

就在今天的一點五十八或五十九分，就在一點五十八或五十九分。

要寫出演員能流暢展演的對白，還有最後一個祕訣，那就是使用 L、M、N 和 R 等流音（liquid consonant）；各位甚至還可以研讀一下自然發音法，以瞭解該怎樣創作出音調最恰當、也最利於演員揭示角色意圖的對白，畢竟這兩項要點就是對白寫作的終極目的，所以各位可得豎起耳朵仔細聽呀！

押頭韻、母音韻和子音韻

以下這些文學技巧也可能派上用場：

1. 押頭韻（Alliteration）

相同子音出現於一連串字詞開頭的重音音節。這些字詞不一定得全部相連，但必須位在同一個句子當中。

> If you're **gonna cry**, **keep** your **Kleenex crud** to yourself.
> 你要哭的話，用舒潔擦完後的髒衛生紙麻煩自己收好。

這句簡短的例子相當有趣——「k」及硬子音「g」的發音部位都在舌根，唯一的差別在於「g」有聲而「k」無聲，所以「gonna」的第一

個音節其實也押了「k」的頭韻。各位可以讀讀看，並輪流發這兩個音，注意舌頭根部的移動。順帶提醒一下，只要是對白都得大聲唸，才能體會實際說出來是什麼感覺。

以下再舉兩個例子：

I'm **gonna cut** out to my **crib**, toke some **kona kush**, and **crash**.
我要回家抽點大麻，然後倒頭大睡。

I **dare** you **to tempt** me with your **taunts** and tricks.
用你那些奚落人的手段和技倆來試探我啊，看你敢不敢。

第二個例子同樣使用了稍有差異，但舌頭發音方式相同的音：「dare」當中的「d」是有聲，子音「t」則無聲，但在唸的時候，舌尖都要放在上排牙齒與小舌脊之間。

寫對白時為何要使用頭韻？因為這個技巧和格律一樣，都有迷人的本質，能吸引觀眾或讀者的注意力。不過頭韻和所有文學技巧一樣，都不該過度使用，必須謹慎置入，才能提升對白的高度。

2. 子音韻（Consonance）

同樣的子音在相近的字詞中重複出現。子音韻與頭韻的差別在於，重複的子音不一定得出現於字詞開頭的重音音節，任何位置的音節押韻都算符合條件。

My **l**oin**s l**ight up when I **s**ee hi**s s**ailor-**sl**ick **s**mile.
我一看到他如水手般的瀟灑笑容，就興奮了起來。

這句話以「s」的韻結尾，不過「l」在句中其實也重複出現：「s」是頭韻，「l」則是子音韻。

You'd've applauded Adam when he unloaded on this drunk dude's head.
你要是看到亞當對那醉鬼破口大罵的模樣，鐵定會鼓掌叫好。

Her sibilant syllables soaked in consonance assail my soul with sweet sounds of bliss.
她的齒擦音與子音完美結合，以帶來幸福的甜美之聲豐潤我的靈魂。

　　第二個例子主要是押頭韻，再加上少許幾處子音韻。會舉這個例子，只是想測試大家是否能夠分辨而已，再說，誰平常會這樣講話啊？不過各位別以為不可能，約翰閒暇時可是很會這一套的喔！

3. 母音韻（Assonance）

　　相同的母音在不押韻的字詞中重複出現。

If I bleat when I speak it's because I just got fuckin' fleeced.
如果我說話時聲音顫抖，那是因為我剛他媽的被敲詐。

　　這句話出自《化外國度》，是艾爾・斯維爾根的台詞——誰能想到他竟如此詩意地懂得押母音韻呢？

But my words like silent raindrops fell / And echoed in the wells of silence.
我的話如沉靜的雨滴落下／在沉寂的井中發出迴響。

　　在《心情調音師》（The Sound of Silence）中，保羅・賽門這麼唱道。

在《紫色姐妹花》（*The Color Purple*）中，愛麗絲‧華克（Alice Walker）也用了母音韻：

She g**o**t s**i**cker an s**i**cker.
Finally she ast Where **i**t **i**s?
I say G**o**d t**oo**k **i**t.
He t**oo**k **i**t. He t**oo**k **i**t while I was sleeping. K**i**lt **i**t out there **i**n the w**oo**ds. K**i**ll this one t**oo**, **i**f he can.
她病得越來越重。
最後她終於問，在哪裡？
我說神帶走了。
祂帶走了，趁我睡覺時帶走了，帶到樹林間，動作很快。如果可以的話，大概會把這一個也殺了。

　　一般讀者較少把對白唸出來，所以有時可能較難發現母音韻，但這種文學技巧能從潛意識的層面發揮影響，讓角色的思路更加流暢；此外，還可讓創作者透過對白左右故事場景的語氣與氛圍：重複短母音能增強活力，一連串相似的長母音則會使節奏較為凝滯緩慢。
　　最後這段著名對白出自弗拉基米爾‧納博科夫（Vladimir Nabokov）的文學小說《洛麗塔》（*Lolita*），內有頭韻、子音韻與母音韻，全都集結於這簡短而細膩的段落當中：

Lolita, **l**ight of **m**y **l**ife, fire of **m**y **lo**ins. **M**y **s**in, **m**y **s**oul. Lo-lee-ta: the **t**ip of the **t**ongue **t**aking a **tr**ip of three **st**eps down the **p**alate to **t**ap, at three, on the teeth. Lo. Lee. Ta.
洛麗塔，我生命的光，讓我慾火焚身，我的罪惡、我的靈魂。
洛、麗、塔：舌尖沿上顎走下三個階梯，對牙齒輕點三下──
洛、麗、塔。

誰會想到光用頭韻與母音韻，也能把感官畫面寫得如此豐富呢？

來往迅速的巧妙對白

創作時可以依場景需求，透過韻律來掌控對白步調。下例出自莎士比亞的《馴悍記》（*The Taming of the Shrew*），彼特魯奇和凱瑟麗娜這段應答迅速的機敏對談，很可能就是脫線喜劇的始祖。彼特魯奇個性外向、說話誇張，想找個有錢的女人娶回家。一名友人告訴他有凱瑟麗娜這個女子，聰慧但脾氣暴躁，除非她先結婚，否則她妹妹（也就是友人喜歡的對象）便不能出嫁。彼特魯奇看在錢的份上，即使根本沒見過凱瑟麗娜，仍決定要娶她。兩人的初次會面詼諧又充滿雙關語，讓整個鎮上的人都看得很樂。下例是截自彼特魯奇的獨白，他想巴結凱瑟麗娜，誘使她接受求婚：

彼特魯奇：Hearing thy mildness praised in every town,
　　　　　Thy virtues spoke of, and thy beauty sounded,
　　　　　Yet not so deeply as to thee belongs,
　　　　　Myself am moved to woo thee for my wife.
　　　　　我在各城鎮都聽人說過妳溫柔無比，
　　　　　說妳德行優良、貌美如花，
　　　　　雖然他們形容的，還沒有妳一半的好，
　　　　　但我還是心動不已，前來請妳嫁我為妻。

凱瑟麗娜：Moved! in good time: let him that moved you hither
　　　　　Remove you hence: I knew you at the first
　　　　　You were a move**able**.
　　　　　心動！那就請打動了你，讓你跑來這裡的人

再把你搬回去吧：我一看到你
就知道你是那種任人搬來移去的傢伙。
（心動、打動的英文「move」也有「搬移」的意思，
在此有雙關作用。）

彼特魯奇： **Why, what's a moveable?**
為什麼，什麼叫任人搬來移去？

凱瑟麗娜：**A join'd-stool.**
就像椅凳那樣。

彼特魯奇： Thou hast hit it: come, sit on me.
一點也沒錯：來，坐到我身上吧。

　　有注意到兩人的某些對白相互交錯嗎？莎士比亞就是藉此在抑揚格五音步的框架之中，控制角色說話的節奏。大體而言，每句台詞都有五個音步（也就是「輕、重」的規律重複五次），所以「a moveable」中的「-able」雖有兩個音節，仍只分到一個弱拍，因此得唸得很快，就像在樂曲中以八分音符代替四分音符那樣；此外，莎士比亞也讓凱瑟麗娜和彼特魯奇共用五個音步，一人可以使用兩個半，透過這樣的手法，使演員必須在特定的拍子上唸出台詞。他玩轉抑揚格五音部的結構，加快了兩人風趣對話的節奏，如果不是他這樣巧手妙寫，這段對白就不會如此充滿笑果了。

　　同一場戲的後段也有類似的例子：

彼特魯奇：Who knows not where a wasp does wear his sting?
In his tail.
誰不知道大黃蜂的刺在哪裡？
就在尾巴上啊。

凱瑟麗娜：　　　　　　　　In his tongue.
　　　　　　　　　　　是在舌頭上。

彼特魯奇：　　　　　　　　　　　Whose tongue?
　　　　　　　　　　　　　　　誰的舌頭？

凱瑟麗娜：Yours, if you talk of tails: and so farewell.
　　　　　你的，因為你說話帶刺。再見了。

彼特魯奇：What, with my tongue in your tail? nay,come again,
　　　　　Good Kate; I'm a gentleman.
　　　　　所以是要我把舌頭黏在妳的尾巴上嗎？別，別走，
　　　　　親愛的小凱瑟，我可是個紳士啊。

凱瑟麗娜：　　　　　　　　　That I'll try.
　　　　　　　　　　　　是嗎？倒讓我試試。

（凱瑟麗娜動手打彼特魯奇）

彼特魯奇：I swear I'll cuff you, if you strike again.
　　　　　我發誓，妳要是再打我，我也要回手了。

凱瑟麗娜：So may you lose your **arms:**
　　　　　那就祝你喪失身分地位囉：

　　首先，「arms」這個字指的不僅是彼特魯奇的手臂，同時也指稱象徵他紳士地位的貴族盾徽（在英文中，叫「coat of arms」）。另外，最後一行僅有三個音步，所以飾演凱瑟麗娜的演員必須停頓兩拍，才能唸下句台詞：

If you strike me, you are no gentleman;
紳士只動口不動手，要是你敢打我，就代表你不是紳士；

　　上句的前三個音步是揚抑格（重、輕），可看出莎士比亞刻意偏離抑揚格五音步，以改變句子的重心，但隨即就回歸原本的格律：

And if no gentleman, why then no arms.

如果不是紳士，又怎麼配得上你的盾徽呢？

在這短短三句對白中，凱瑟麗娜由俏皮轉為嚴厲，又再裝出甜美的模樣，每一種情緒都是靠韻律來凸顯。

彼特魯奇：A herald, Kate? O, put me in thy books!

小凱瑟啊，妳是先知嗎？把我也寫進妳的書裡吧！

凱瑟麗娜：What is your **crest**? a coxcomb?

你的盾徽是什麼圖樣？雞冠嗎？

（在英文中，「crest」可指盾徽和雞冠，有雙關作用。）

上句只有四個音步，並以揚揚格結尾，最後空下一拍，讓演員暫停，因為莎士比亞知道觀眾會聽懂雙關，並在這個空檔發笑。

彼特魯奇：A **c**ombless **c**ock, **s**o **K**ate will be my hen.

如果小凱瑟願意做我的母雞，那要我放棄雞冠我也願意。

凱瑟麗娜：No **c**ock of mine; you **c**row too like a **c**raven.

我才不要你這種公雞；你的叫聲太沒有戰鬥力了。

彼特魯奇：Nay, **c**ome, **K**ate, **c**ome; you must not look **s**o **s**our.

哎呀，小凱瑟，妳不要這樣橫眉豎目的嘛。

注意到了嗎？這段對白押了「k」和「s」的頭韻。

凱瑟麗娜：It is my fashion, when I see a crab.

沒辦法，我只要看到酸蘋果就會這樣。

彼特魯奇：Why, here's no crab; and therefore look not sour.

但這裡又沒有酸蘋果，妳就別再擺著那張臭酸的臉啦。

凱瑟麗娜：There is, there is.
　　　　　誰說沒有啊。

彼特魯奇：　　　　　　　　Then show it me.
　　　　　　　　　　　　那妳指給我看啊。

凱瑟麗娜：Had I a glass, I would.
　　　　　要是有鏡子的話，就能給你看了。

彼特魯奇：What? You mean my face?
　　　　　什麼？妳說我的臉是酸蘋果？

凱瑟麗娜：Well aim'd of such a young one.
　　　　　哎呀，年紀輕輕，腦袋倒是挺靈光的嘛。

　　前三句話各有三個音步，讓觀眾有時間跟上節奏，而下段的交錯式對白則又回到了應答迅速的模式。

彼特魯奇：Now, by Saint George, I am too young for you.
　　　　　妳說的沒錯，我對你妳來說的確是太年輕了。

凱瑟麗娜：Yet you are wither'd.
　　　　　但你卻皺紋滿面。

彼特魯奇：　　　　　　　　　'Tis with cares.
　　　　　　　　　　　　　因為我心中充滿憂慮啊。

凱瑟麗娜：　　　　　　　　　　　　　I care not.
　　　　　　　　　　　　　　　　　這我不在乎，我倒
　　　　　　　　　　　　　　　　　是無憂無慮。

　　許多人一聽到「莎士比亞」這個名字就會馬上退縮，而未能秉持好奇心，去探索他以文字營造出的細緻美感。我們寫對白時，當然得轉換為現代版本，以免角色說起話來像古人，但研讀莎士比亞的作品，仍有助於瞭解詩文寫作手法能促成怎樣的效果。

若想瞭解英文這個語言多樣化的使用方法，以豐富自身的寫作工具，那麼還有許多文學技巧等著各位去探索，畢竟語言就是我們的專業領域，所以大家甚至可以到鄉間郊野看看，在當地探尋可用於作品的寶藏，保證你們一定會愛上這個天地，並因而拓寬視野與想像。

CASE STUDY ——————————

琳達的說明：以下獨白是以約翰的劇本改編而成。在那部作品中，約翰使用了許多文學技巧，來強化瓊斯心中的哲學冥思。這位無家可歸的主角雖是在對幻想中的朋友布巴說話，但因學識淵博，所以在描述他當天傍晚的沉思時，用詞仍十分風雅。琳達把約翰的原作改編成以下這段可怕的草稿，再由他以詩文技巧重寫成優美的版本。

瓊斯和布巴坐在沙灘上看夕陽。超強衝浪手荷莉・貝克乘著浪往岸邊衝，瓊斯盯著她。

瓊斯

```
Look  at  Holly  surfing.  She's  so
pretty.  And  such  a  good  surfer.
You  know  what  I  think?  I  think
life  is  like  the  ocean,  and  just
like  a  surfer,  we  have  to  learn
to  ride  the  wave.  Because  if  we
fall  off,  we  could  drown,  and
that  would  be  bad.
```
你看荷莉衝浪，她實在有夠漂亮，又這麼會衝浪。你知道我心裡在想什麼嗎？我覺得人

生就像海洋，我們都像衝浪手，必須學習駕
馭海浪，因為如果掉進水裡，可是會淹死的，
死掉的話可就不好囉。

約翰改寫版本

戶外場景 沙灘上 — 日落時分
瓊斯和布巴坐在沙灘上看夕陽。技巧高超的衝浪手荷莉・貝
克乘著浪往岸邊衝，瓊斯盯著她看。

瓊斯

Bubba, you wanna know another **F**
word? **Fair**. Lookit the **fair** and
flaxen-**hair**ed Holly Beck, **b**londe
as the sunshine and as graceful
as a cat **on** a **f**ence. She
embodies the **f**eminine of **fair**.
And she knows all the rules of
the surf, which change at every
instant. She **b**end**s** and lean**s**
with the changing rule**s** and
come**s** to some equilibrium with
Nature. She knows how to work it
well, and to her that's **fair**.
Now, people say **li**fe isn't **fair**,
but **li**fe is **li**ke the ocean. The
rules change every instant. We
just gotta **l**earn how to bend and

lean with the changing rules and
come to some equilibrium with
the shit that comes our way.
布巴，你知道還有哪個詞是「ㄈ」開頭的嗎？
「魅力」就是其中一個。你看看荷莉‧貝克，
她渾身散發魅力，亞麻色秀髮如陽光般金
亮，姿態像柵欄上的貓一樣優雅，可說是女
性魅力的化身。海浪雖變化無端，她卻能掌
握所有規則，一個彎腰、傾身，就能適應周
遭改變，與大自然達成平衡；她知道如何應
對各種狀況，也認為在自然面前，人人平等。
大家總說生命不公平，但其實人生就像海
洋，規則時時刻刻都在變化，我們得學習跟
著彎腰、傾身，隨機應變，才能在鳥事發生
時找到一點平衡。

　　「fair」在英文中除了可指「漂亮」、「有魅力」，也有「公平」的意
思。瓊斯在這段對白中，用到了哪些文學技巧呢？

LESSON 11

動物、外星人與其他生物的對白

乍想之下，替動物或外星人寫對白的創作者似乎不多，但只要打開電視看看廣告，或細數影史上最成功的一些電影，就會發現這類對白其實並不少。

在這本書寫成之時，廣告中處處可見動物身影，譬如旅遊品牌TripAdvisor及提倡拿處方箋換領藥物「拜瑞妥」（Xarelto）的廣告，都用了貓頭鷹；另外還有鼓勵觀眾把錢投入Voya Financial金融公司的花栗鼠、汽車保險公司Geico的壁虎、賣車的狗，以及宣傳保險的豬（在回家路上還不斷開心發出「wee！」的叫聲）。

在《異星入境》等外星電影中，外星生物都透過聲音來傳達想法與企圖，而《我不笨，我有話要說》也為豬、狗、羊、鴨和貓賦予了聲音，讓這些動物得以溝通。

在這類型的許多廣告與電影中，動物的聲音與真實世界的版本相差甚遠，譬如貓頭鷹並不會操英國腔，而電視廣告的花栗鼠雖然語調輕快、音調高亢，但若是聽過真正的花栗鼠叫，大概也不會覺得有多像，所以改進空間其實不少呢。

處理非人類對白

　　如果把對白廣泛定義為溝通與表達，那其實各式各樣的聲音都可以展現情緒、用於應答。在許多情況下，只要使用簡單的聲音，就能讓動物角色變得豐富而有層次，譬如狗以不同的叫聲表示警告或歡迎，貓發出溫順的喵聲或低沉的呼嚕聲時，則是很滿足的意思。這些聲音可涵蓋在敘述之中，或寫成對白，實際做法依劇情與動物角色的重要性而定。

　　　　選擇一：「狗發出歡迎式的叫聲。」
　　　　選擇二：

費多

（搖尾巴）

汪！汪！

　　琳達在寫這個章節時，為了收集資料，曾訪問過四位馴馬師，藉以瞭解馬的溝通模式。她的馬被教練騎到馬術秀上表演時，先是跑到場地中央，然後發出了哀怨的嘶鳴。後來教練告訴琳達，那是沒安全感的徵兆，基本上就是馬突然發現朋友都不在身邊，在說：「我好孤單，馬同伴們都到哪去了？」的意思。

　　如果馬在有人帶來燕麥時發出嘶聲，意思是「歡迎」、「謝謝你」、「哈囉」，或「唷呼！快點啦！我很餓耶！你怎麼這麼慢才來？」

　　馬若發出哼聲，通常是為了清理鼻子內的灰塵，但也可能是不耐煩或恐懼的徵兆。如果情況屬於後者，那麼馬通常也會轉換重心，把重量放到別隻腳上。

馬受傷時會尖聲長叫，但也有可能是想表示「照我的意思做」或「不要侵犯我的空間！」

馬走路時如果發出嘟囔或呻吟，代表地太難走，或是覺得痛或不舒服（有時可能只是很想上大號，不過這應該也算不舒服的一種啦）。至於折磨馬的究竟是哪一種情況，身為創作者的我們可以自行選擇。

《奔騰人生》（*Seabiscuit*）和《奔騰年代》（*Secretariat*）都是相當成功的賽馬電影，但兩部作品都並未明顯透過聲音或動作將馬擬人化。雖然片中數度提及馬對馴馬師與主人的感情，但由於欠缺回應與動物對白，所以人馬間的情誼也未能強化，相當可惜。

電影中若有動物，不妨給予這些角色聲音，但若想寫得合宜，必須先做足功課，並訪問真正瞭解動物聲音意義的專家。琳達在訪問馴馬師時，四人對馬兒聲音的闡釋都相當一致。

那外星角色呢？

在多數的外星電影中，角色都不會說地球語言，但能發出聲音，譬如《E.T.外星人》（*E.T. the Extra-Terrestrial*）中的小外星人就因為身體空間不夠，無法容納太長的聲帶，所以只能發出尖銳高音。不過在多數作品中，外星生物都既大又可怕，聲帶大概也比較長，所以音調多半比一般人來得低沉。以這種情況而言，角色的台詞不必寫得太詳盡，畢竟發出聲音的目的只是製造恐懼而已；相較之下，在《異星入境》這類的作品中，外星人的溝通模式對故事而言就十分關鍵，因此，編劇選擇在劇本說明中如此描述角色聲音：「混合了器官的喀擦聲、急促的耳語及低八度的呻吟」。

接下來，則又有這樣的敘述：「低音很沉，耳語時則相當沙啞。」
再後來，更出現了「音調顫動」的形容。

　　片中的語言學家露易絲接近他們後，對方以「喀擦」及「顫抖吞嚥」
的聲音做為回應，就這樣，人類與外星生物間產生了聯繫。

　　即使聲音簡短扼要，也還是能凸顯外星生物的恐懼；此外，我們
可以視情況調整音量大小、聲調高低及語氣軟硬。

　　各位可以研究真實世界中的動物特徵，並以此為基礎，來打造神
祕的虛擬生物，譬如分析肺部結構、聲帶及發音器官，以決定角色能
發出哪些聲音；此外，也別忘了親自嘗試這些發音，才能恰當地寫入
作品當中。

　　在琳達提供過顧問服務的作品中，有一部關於龍的劇本，但作者
對龍卻幾乎完全沒有著墨，於是她便依照自己對馬的理解，提供了關
於動作與聲音的意見。

　　以下片段取自約翰的劇本，當中的荊棘叢在主動挑釁或遭受威脅
時，會發出複音：

柯斯摩睡倒在床上，空氣中瀰漫著低沉的嗡嗡聲。躂，接著又
是一聲躂，聽起來像有人用手指在敲桌子。
柯斯摩眨眼醒來，躂、躂、躂、躂、躂。他環顧四周……看向
窗戶。
一條藤蔓尾端伸入窗沿，隨著早晨的微風窸動。躂、躂、躂。
柯斯摩坐起身來，沿著窗台往外看，臉上浮現出驚嚇的表
情——荊棘已竄滿整個院子，就像飢餓的蛇。

嗡嗡嗡嗡嗡！

華樂麗打開廚房的燈，走到櫃子旁拿出玻璃杯，伸手要轉水龍頭時，藤蔓卻從排水孔竄出。

嗡嗡嗡嗡嗡嗡嗡！

杯子從她手中落下。這時她聽見水槽邊的窗戶傳來拍打聲，於是打開百葉窗。

嗡嗡嗡嗡嗡嗡嗡嗡！

濃密的荊棘隔著窗戶亂竄，她尖叫出聲。

大家猜猜故事接下來如何發展？當然就是慘烈的場面了⋯⋯

動物會說話

以動物聲音的描寫而言，《我不笨，我有話要說》真實反映了各種動物的叫聲，可說十分傑出。若說到羊，我們通常會想到「baa」的叫聲（等同於中文的「咩」），所以編劇克里斯・諾南（Chris Noonan）和喬治・米勒（George Miller）便在羊的許多對白中加入了「baa」的聲音，十分符合一般人對羊的認知。

舉例而言，羊說到「heart of gold」（意為「善良的心」）時，會唸成「hea-a-a-art o' gold」；某隻名叫「Maa」（媽媽羊；有注意到嗎？這個名字和「baa」押韻）的羊在叫寶貝（主角小豬的名字，英文為「Babe」）時，也會說成「Baa-a-aaa-abe」；此外，作者更把羊的性格寫得溫馴又具有母性特質。

相較之下，狗則較為堅韌、強硬且具侵略性——畢竟是牧羊犬嘛，總得能夠馴服羊群才行。其中，雷克斯煽動了母狗芙萊，要她別太寵溺寶貝，而她也受到懲惠，因而開始訓斥寶貝，教他該如何牧羊。

同一種動物間的對白，通常比較難寫。在《我不笨，我有話要說》中，公狗雷克斯擔任雄性領袖的地位，音調低沉而驕傲，至於母狗芙萊說話則充滿母性，但聲音中不失犬類特質。

芙萊

（急切地低聲說）

他要你把他們趕出院子。千萬要記住，你一定得支配他們，只要能做到這點，他們就會對你百依百順。

芙萊

乖孩子，以新手來說，你已經表現得很棒，但你不必和他們平起平坐，他們只是羊而已，地位比你低下。

寶貝

真的嗎？

芙萊

當然囉！不然他們數量那麼多，為什麼只由我們少少幾個來管呢？寶貝啊，我們可是羊的主人，他們要是起了造反的念頭，馬上就會爬到你頭上。

芙萊

你要無情！要不擇手段！要怎樣都行，讓他
們聽你的就對了！

雷克斯是擔任雄性領導地位的牧羊犬，榮譽感極強，會出言捍衛
自身血統。

雷克斯

（嚴肅地）
我倆源自優秀的古代牧羊犬家族，傳承了祖
先的血脈，這可是意義非凡！但今天，我卻
親眼看著這一切遭到背叛。

雷克斯

妳竟然讓他有這樣的想法！簡直就是叛徒！妳這婊子，妳、
妳……

他氣到說不出話，於是隨即發出原始而狂暴的怒號，聲量十分驚
人。

另一方面，媽媽羊說起話來，就像關愛、呵護孩子的母親。她鼓
勵小豬以善良的態度處世，見解與牧羊犬恰好相反。

媽媽羊

世上的狼已經夠多了，像你這麼善良的孩
子，可不能變壞。親愛的，我知道你的本質
中沒有那種劣根性。

媽媽羊

（對著其他羊）

姐妹們，看到了嗎？這孩子有顆善良的心。

羊群發出咩聲表示同意。

羊群

咩……善良的心。

我們有養貓的人大概都知道，貓會施展引誘之術，以喵喵聲和呼嚕聲達到目的。《我不笨，我有話要說》中的貓在試圖操弄寶貝的想法時，就發出了類似「喵」（在英文中是以「purr」來表示）的聲音：

貓

你知道這裡為什麼會養豬嗎？

寶貝

我根本不知道這裡為什麼要養動物。

貓

豬活著並沒有**目標**，鴨子也沒有**目標**。為了你好，我就直說了：主人為什麼要養鴨呢？因為要拿來吃，所以囉，他們為什麼要養豬，原因你應該懂吧？
（「目標」的英文為「**pur**pose」，當中含有「purr」的聲音）

而寶貝也聽明白了——她可能會變成豬肉大餐！

在寫對白時，記得考慮動物發聲的音調，譬如琳達愛貓的喵聲，就是低於中央Do的「La」音。掌握音調後，就比較能寫出確切的聲音。

另外，也不妨實際研究真實世界中的動物，加以傾聽、觀察，並將這些聲音轉譯為文字，當做描寫其他各種生物的素材，如此一來，即使角色不會說話，我們也能擔任翻譯的角色，替他們傳遞想法。

CASE STUDY ——————————

琳達的說明： 我有個客戶寫了一部關於亞當與夏娃的幽默劇本，引誘他們的蛇也出現在故事當中。就聲音而言，一般人一想到蛇，腦海中應該都會立刻出現「嘶……」的聲音，所以這可以做為對白寫作的出發點。以下場景是發生於兩人被逐出伊甸園之後。

蛇用不求人抓了抓癢。

蛇

那兩個呆子被逐出天堂也是應該的，但他們
離開後，伊甸園好像也少了什麼啊。
（繼續抓癢）
而且他們會邀我去新生兒派對嗎？！

一隻花栗鼠飛奔而來，身上穿著迷你風衣。

花栗鼠

受不了欸！要找這種大小的褲子怎麼就這麼
難啊？！喂，菸可以借我抽一口嗎？

人類走了過來。他身穿動物園制服，手裡拿著大木箱。

動物園工作人員

蛇啊，天上之主、人類之父的象徵。

> 蛇
>
> 我終於可以玩拇指角力、彈烏克麗麗了
> 嗎？！

> 動物園工作人員
>
> 哎，你一定會喜出望外的！

他打開木箱，一隻魅惑的母蛇滑了出來。

> 母蛇
>
> 性感的小尾巴，跟各位小哥打打招呼，我們
> 可有得忙囉！

她的尾巴閃亮光滑，就像天生的不求人似的。蛇看到後轉向觀眾。

> 蛇
>
> （發出喜劇演員鮑伯‧霍普般的低喊）
> ……哇啊啊啊嗚！

約翰改寫版本

戶外場景 伊甸園的蘋果樹下 — 白天

灰綠色的長蛇雙眼惺忪，沿樹幹上下滑行、四處溜達，又轉頭把褪下的鱗片咬掉。
一隻松鼠飛奔到樹枝末梢，要把堅果藏起來。

> 蛇
>
> （對著松鼠）
> 我好思嘶嘶嘶念他們啊。

松鼠

啥？誰？你說隨？

蛇

就是那兩個被我騙得連斯斯嘶嘶嘶有哪幾種
都分不清楚的白痴啊。

他吐吐舌頭。

松鼠

你說有翅膀那男的？喔，對對對，我想起來
了，就是兩條腿的白痴嘛。
　　（嘴裡啃個不停）
我還挺喜歡那兩個傻瓜的，他們都只吃果子
和樹葉……還有一些堅果……不過後來……

蛇

嘻嘻嘻嘶嘶嘶，騙他們太容易了，畢竟水果
那麼多汁汁汁……嘶嘶嘶……

松鼠

但為什麼？為什麼？為什麼？

蛇

嘿……嘿……嘿……我嘶嘶嘶實實實在是太
天才了，但嘶……現在都沒人可以讓我騙了。

蛇把頭繞了一大圈，鼻子指在松鼠面前，睜大了眼、舔舔嘴。

松鼠

我懂，我懂，我懂。

                         蛇
    嘶……我什……麼時候才會收到新生兒派對
    的邀請啊？嗯……？那兩個不知感激的自私
    嘶嘶嘶鬼。

                        松鼠
    我有！我有！要看嗎？要看嗎？

蛇沿著樹枝朝松鼠滑去。

                         蛇
    嘶……當然要囉，pleassse。

他的眼皮沒入皮膚，圓睜的雙眼如燈泡一般。松鼠看到蛇的眼
睛後僵在原地，但他仍不斷靠近……越滑……越近。
松鼠眼神閃爍地彈到樹枝末端，又再跳到地上。

                         蛇
                （發出不屑的聲音）
    嘶嘶嘶……

                        松鼠
    下來這裡，這裡，下面這邊……這邊……這
    邊。

蛇溜下樹枝，跟著松鼠來到一個用香蕉葉蓋住的地洞旁。
松鼠站在香蕉葉旁，蛇則從另一側靠近，門牙滴著口水，舌頭
也不斷顫動。
這時，松鼠掀開香蕉葉，讓地洞露了出來。蛇一看後呆在原地。

蛇

這嘶嘶嘶什麼……

妖豔母蛇如眼睛蛇隨笛聲起舞般探出頭來，身體起伏擺動地向
蛇靠近。

妖豔母蛇

阿囉哈，帥氣小哥。

松鼠

（對著蛇）
喜歡嗎？喜歡嗎？喜歡嗎？

蛇

啊啊啊啊嘶嘶嘶嘶嘶嘶嘶……

蛇和妖豔母蛇的身體纏繞在一塊兒，沒有血溫的腹部相互貼緊。
松鼠跳向樹幹……朝他積藏的堅果飛奔而去……開心地啃了起
來。

松鼠

伊甸園裡愛耍引誘把戲的騙子可不只一個
呢，嗯……嗯……嗯……實在是喔……不過
我現在可以安心地大啃一頓囉。

LESSON 12

地雷勿近

　　某些對白元素特別容易使眼尖的讀者或觀眾分心，就像地雷一樣，如果以會計術語來比喻，這些元素正如非法的避稅天堂，會特別引起稽查員的注意。若能在交出辛苦寫成的作品前，找出當中的地雷對白，加以修飾、重寫，那就比較可能獲得認可，成功進入出版或製作階段，免於遭拒的命運。

太過刻意的笨拙說明

　　太過刻意的笨拙說明是強加在角色身上的對白，明明與人物動機、企圖及該幕的重點無關，卻硬要藉由角色的聲音，說出創作者認為大家應該知道的情節與人物資訊，經常稱為「資訊傾倒」（info dump），容易使對白給人一種不連貫的感覺。這種斷裂感會驚動精明的讀者與觀眾，導致他們的娛樂體驗遭到作者干擾。

　　如果某些故事資訊真的非說不可，那也得巧妙地融入對白才行，在符合內心需求、慾望及該幕重點的情況下，讓角色以自然的方式說出來。「人造」是所有故事的共通本質，畢竟都是刻意寫出來的嘛，但

即便如此，我們還是能避免作品給人虛假、造作的感覺，方法是先打造能使觀眾產生共鳴的角色，然後再安排角色面臨會揭示必要資訊的艱困抉擇，一併推進情節。換言之，說明的內容必須是角色在處理困境時所需要的資訊。

透過對白揭示情節或角色相關資訊時，應該將資訊安插於角色發生衝突的時刻，並只提供讀者或觀眾真的非知道不可的說明，最好可以安排目標相互牴觸，且需要利用對方來達成自身企圖的角色碰頭，畢竟衝突是戲劇寫作不可或缺的要點，所以透過這種手法來傳遞故事資訊當然最是理想。

內含專業程序的電視劇如《識骨尋蹤》、《檀島警騎》（*Hawaii Five-0*）、《法網遊龍》和《重返犯罪現場》（*NCIS*）中，都經常出現過於突兀的說明，而且這種手法彷彿已成為此類影集的標準配備，而為眾人所接受，就好像小說在情節必須快速展演時，也會有直白敘述的段落，好讓故事趕快進展到扣人心弦、高潮迭起的部分。

話雖如此，還是有比較恰當的方式能用來處理類似橋段，首先要避免在對白中寫入所有角色都已知道的事，改為安排故事中的每位團隊成員都提供一些獨家資訊，這樣才有分享的必要。舉例來說，掌管案發轄區的警探可以提供證人訪談資訊，IT人員說明他們在黑網或監視器片段中的收穫，實驗室的臨床醫學專家解釋DNA方面的發現，再由邏輯感強的角色拼湊一切、提出結論，換言之，各要角應提供與自身技能、熱情與人格相符的資訊。以帶有專業程序的影集而言，這類場景可說是必要之惡，但我們可以加入衝突與人物色彩，藉此寫得有趣一些。

對白如果淨是寫些其他角色已經知道的事，就很容易使人注意力

渙散。譬如兩名警探要是在下車往屋子走去時，才開始討論為什麼要來拜訪這個當事人，那就顯得不太合理，畢竟他們在抵達目的地前，就應該要先討論過這類資訊，並確定調查策略與提問手法才對。換言之，安排這段對白的唯一原因，其實是為了讓觀眾瞭解當下情況，但角色早就心裡有數了。

另一種尷尬對白，則是兩個角色明明都已對某件事一清二楚，卻還與彼此分享事件的某些資訊。這種場面很明顯是資訊傾倒，而且通常都是因為創作者沒做好功課，才未能依照角色當下的狀況調整對白內容。

身為創作者，我們必須思考角色的渴望、需求及故事場景的重點，會使他們以怎樣的方式溝通，而不能只考慮到自己認為觀眾或讀者應該知道哪些資訊，否則很容易就會使人從故事中抽離出來。

換言之，我們必須謹慎營造人物特質，以角色需求驅動對白，進而以自然的方式推動故事展演，這樣讀者或觀眾才會覺得角色說出必要資訊，也只是剛好而已。

太過直接

過度直接的對白不夠細膩，可能是角色直接說出內心的想法與目的，也可能長篇大論地一再重申作品主題，而非讓讀者或觀眾自行推論、體會。角色最私密的感受若能透過巧妙的影射與潛台詞來傳達，戲劇張力會最強；許多作品也經常安排角色假裝微笑、強忍悲傷或避談事實，很少讓他們直接了當地揭露真正的意圖，而是會拐彎抹角，希望能說服其他角色，藉以取得自身所需。

新員工若對老闆說「有一天我要取代你」，那場面會有多尷尬？多數人就算心裡不喜歡，也不會直說「你好討厭」，至於「你好臭」這類的話就更不用提了；太太若問「我穿這件洋裝會不會很胖」，先生該如何回答？沒有政客會公開承認「我恨死有色人種了」，一如同沙文主義者也不會直接告訴女性：「女人穿什麼鞋子，負責生小孩和煮飯就是了。」

對白要寫得好，必須細膩、有層次，不能一根腸子通到底。如果習慣在初稿中直白地寫下故事，以將想法確實記下，那也沒關係，但之後在修改時，千萬得記得回頭雕琢出一些細緻之處呀。

自言自語

在現實生活中，的確有許多人會自言自語，通常是在回想過去的片刻、預演某個情境，或是為了消除心中的憤怒、尷尬與不平。有時候，戲劇性作品中的獨白橋段的確饒富趣味，也能揭示資訊，但若處理不當，很容易就會變成笨拙的說明。

行為舉止和周遭環境都能在角色獨處時，傳達他們的人格特徵，各位不妨著墨角色個人空間內的細節，像是看什麼書、喜歡的畫、有哪些工藝品、穿怎樣的衣服、會演奏的樂器、買什麼食品雜貨、物品陳設風格等等，藉以勾勒他們的面貌；或者也可以描述人物習慣及各種舉動，由此傳遞豐富資訊，而不必使用獨白來讓角色訴說過去有哪些經歷，對未來的計畫又為何破滅。

若在故事中寫了自言自語的橋段，不妨暫時刪掉，看看會不會造成損害。如果還是認為獨白中的資訊對故事的推進而言不可或缺，則

可以創造同樣需要這些資訊的角色，或是能讓角色抒發胸臆的寵物（畫成臉的排球也行，就像電影《浩劫重生》那樣）。舉例來說，《化外國度》的斯維爾根就是在擺在架上的箱子前，對箱中已遭斷頭的科曼奇族酋長吐露心聲。

捨棄書面，善用口語

縮寫能改善對白，譬如把「he is not」改成「he isn't」、把「she is」寫為「she's」，或把「they are」換成「they're」等等，都可以馬上提升品質；如果情境恰當，也可採用口語說法，如「gonna」（going to，將要）、「wanna」（want to，想要）、「oughta」（ought to，應該要）、「gimme」（give me，給我）、「shoulda」（should have，當初應該要）、「woulda」（would have，當初就會）和「coulda」（could have，當初可以）等等。善用不完整或被打斷的句子，不必老用正式的標準句法。

尖叫

在英文中，盡量不要以**全大寫**來顯示角色在尖叫，這樣的手法會分散注意力。如果作品是以視覺手法呈現（也就是電影、電視劇或舞台劇），可以透過場景的描述暗示衝突推升，至於實際唸出對白的音量與強度，則交由演員和導演決定。

約翰很喜歡的一段對白，是出自傑斯・巴特伍茲（Jez Butterworth）和約翰・巴特伍茲（John Butterworth）依據薇樂莉・普拉姆（Valerie Plame）的小說改編的電影《不公平的戰爭》（*Fair*

Game）。劇中的中情局探員薇樂莉・普拉姆和以記者為業的先生喬・威爾森發生爭執，原因在於喬揭發布希政府製造假資料，以做為向伊拉克宣戰的藉口，導致迪克・錢尼為了報復而下令路易斯・利比解除她外勤探員的職務：

薇樂莉

你真的覺得和白宮鬥有機會贏嗎？他們隨便就能把我們給活埋的。

喬

誰把誰活埋還不知道呢。薇樂莉，妳聽我說……

薇樂莉

你才要聽我說。

喬

（大吼）

不要！薇樂莉、薇樂莉、薇樂莉！我這樣比妳大聲，就代表我說的對嗎？嗓門大的人就贏嗎？所以白宮講話比我們大聲一百萬倍，就代表他們沒錯嗎？他們明明就說謊啊，薇樂莉，他們說了謊，這是不爭的事實。

　　喬的台詞前以括號附加了描述，但這句說明真有必要嗎？任何演員看到這段話，都會知道要用吼的，即使只是書面對白，爭執的白熱化仍相當明顯，特別是喬三次重複薇樂莉的名字要她閉嘴，還以驚嘆號結尾，都不難讓人看出這一幕的高潮就要到來。

　　對白想寫得好，就必須能恰當地對故事場景琢磨、塑形，使人可

以明顯感受到情節不斷往高潮推升，不過一般而言，很少有人可以在初稿就達到這樣的境界，所以不妨請演員幫忙唸出對白聽聽看……如果效果不佳，就再多修改幾次吧！

加底線

有些創作者會在希望演員強調的字詞下方加底線，但這種做法會使人難以專心感受故事場景的情緒氛圍，並暴露出技巧的不純熟；使用斜體也是一樣的道理。

基本上，演員都會自行尋找對白中的關鍵字，所以畫底線無異於質疑他們的專業能力，經常會把人惹怒。事實上，演員還會試著將重點放在句子中的不同音節，以找出最能傳遞角色意圖的唸法，而作者加底線的字也經常與他們的選擇不同。

各位如果也會在對白中加底線的話，可能得重新審視台詞，調整寫作手法或以自然的韻律來凸顯重點，而不要訴諸底線。

只要稍加練習並深度思考，即使是寫現代英文，也可以效法伊莉莎白時代的莎士比亞，寫出抑揚格五音步的效果；此外，若能把語言的自然韻律放在心上，持續磨練對白寫作技巧，也終將會發現自己越來越能輕鬆控制對白的重點與風格，而不必仰賴底線。

對或不對

角色在回應他人時，如果先說了「對」或「不對」才繼續解釋，那麼請省略這兩個贅詞，直接開始說明即可，否則答案會提前揭曉，

回應中的瞬間張力與懸疑感也會被破壞。基本上，「對」或「不對」的意思都已隱含在解釋的內容當中，只是要到對白全部說完時才會揭曉，這麼一來，觀眾或讀者也會看得比較投入。

長篇大論

長段對白在某些情況下效果的確不錯，譬如米爾奇就為《化外國度》寫過許多出色獨白，其中又以伊恩·麥克夏恩的台詞特別精彩；另外，查依夫斯基替《馬蒂》（Marty）、《醫生故事》（The Hospital）和《螢光幕後》所寫的激烈長談同樣十分著名；索金作品《白宮風雲》（The West Wing）和《新聞急先鋒》（The Newsroom）中的獨白也在網路上大為瘋傳。話雖如此，如果對這種手法不熟悉，可千萬別自己胡亂嘗試。

由於多數人仍希望角色間有火光迸發，所以對手戲的雙方在對談時，最好還是如打乒乓球般一來一往，並以相互牴觸的企圖來抓住觀眾或讀者的目光。一般而言，電影劇本的台詞最好不要超過兩三行，當代小說也一樣。換言之，對白必須充滿動能，以逐漸高升的速度、旋度與力度來往於角色之間，不斷將情節推進向前。

哈囉、再見、介紹、進場、出場

假設迪克與珍走進餐廳，來到喬和瑪莉身邊。

迪克：哈囉，喬，我來介紹一下，這位是珍。
　喬：哈囉，珍，很高興認識妳。那我也介紹一下，這位是瑪莉。

珍：嗨，瑪莉，很高興認識妳。

瑪莉：我也是。

迪克：我們到用餐區去點餐吧？

喬：沒問題！

珍：太好了，我好餓啊。

瑪莉：我也是！

　　服務生招呼他們到預訂的位子坐下點餐後，四人又繼續平淡無味的對話——若是這樣，觀眾大概早就離開戲院，讀者也已經把書頁撕下來燒了。戲劇寫作的一大重點，在於必須從事件開始後的時間點切入，並收尾於結束之前，各位如果沒聽過這個原則，可以趁這個機會好好記牢。以上例而言，就是要直搗會面中最有看頭的部分，至於角色的名字與相關資訊，則在描述衝突時順帶說明即可。

瑣碎閒聊

　　閒聊和上節所述的冗長介紹同屬地雷，性質也相當類似，基本上就是兩名以上的角色談論無關情節或人物發展的內容，包括在餐廳點菜，以及彼此介紹、相互認識等等，只要是這種對故事毫無意義的對白，就都必須捨棄。有時我們可能認為某段互動有助於建立角色間的關係，但即便如此，仍得思考這個橋段是否切合故事的主題或情節，才能決定該不該予以保留。

　　各位可能會想，塔倫提諾的作品《黑色追緝令》中，不是也有關於「皇家起司堡」的閒聊片段嗎？這段對白發生於朱斯和文生）前去辦事的路上，但之所以出色，是因為他們雖然看似在瞎扯，內容卻與

故事情境形成強烈的諷刺對比：兩人明明是殺手，因為雇主被削，而正要去教訓一群在街頭販毒的大學生，可是嘴裡聊的卻全是歐洲各國的文化差異，顯示他們殺人殺得很習慣，毫不覺得焦慮不安，同時也凸顯出兩人的反社會傾向，並定下基調，以強化朱斯在此幕結束之際即將歷經的轉變。換言之，聽起來像閒聊沒錯，但實則刻畫出角色性格與關係，並推進了朱斯的故事。

在觀眾或讀者對角色還不熟悉時，最好透過各方的互動來呈現人物性格，而不要安排他們互相介紹或談論食物、天氣、日常活動，以免讓人無聊透頂⋯⋯除非功力像塔倫提諾一樣強，不然還是描寫與故事相關的重點就好。

各位務必記得，對白必須通過淬煉才能切中要點，所有內容都必須有助於建構人物特質、主題與情節；若是過於瑣碎而欠缺意義，則無法提供前述的任何功能。所以，除非你是大師級寫手，有自信能透過瞎扯片段傳遞重要的潛台詞，否則這類對話都應該盡量避免。

過度使用（停頓）或（暫停）

許多電影編劇在角色歷經思緒上的轉變或說話被打斷時，都會使用標題列舉的寫法來呈現，但比較理想的做法其實是將動作填入括號，使對白因角色的舉動而中斷，舉凡揉鼻子、抓頭、轉身、拿香菸、望向窗外、環顧四周、嗤笑、竊笑或不小心發出不屑的輕笑都行，重點在於視覺動作必須能激發觀眾或讀者對角色的想像。

陳腔濫調

　　即使是在最有說服力的故事中，都可能出現俗濫用語，導致讀者或觀眾無法全心投入。我們如果只用個人有限的詞彙來寫作，故事就算再精彩，都可能因而受限，譬如「相信我」、「我保證」、「很抱歉」、「來吧」、「我可以的」、「我沒辦法」、「我實在無法相信這種事竟然真的會發生」、「你不會有事的」、「一切都會好轉」和「沒錯！」等欠缺新意的台詞，都會限縮角色發展。

　　電視劇演員能練習台詞的時間多半不長，所以會欠缺安全感，想在精煉的對白中加話來填補空缺，以為這樣聽起來「比較自然」。如果找部 Netflix、Amazon Prime、Hulu 或 HBO 的戲來一口氣連看多集，就會開始聽到對白中有許多重複用語，而且並不侷限於特定角色；事實上，隨便選齣電視劇來觀察，都會發現以下片語的使用次數多到數不清：

　　「懂嗎？」（Okay?）、「知道嗎？」（Alright?），在句尾加上這些詞會使陳述變成問句，導致對話的另一方必須表示確認，因而浪費寶貴的時間，對於故事發展幫助也不大。如果是寫沒安全感的角色，這類的詞或許不是完全不能用；角色若喜歡與人爭辯，可能也會經常這樣問人；不過，如果發現好幾個人的台詞結尾都雷同，就代表編劇其實是把自己的說話習慣寫入了作品，而沒能傾聽並傳遞角色的聲音。

　　「聽我說……」（Look…）、「你知道嗎……」（You know…）、「只是……」（It's just that…）、「我是說……」（I mean…）等等，演員常把這些欠缺意義的填充詞用在停頓的空檔，或是當做兩句台詞間的銜接，但其實沉默片刻的效果反而比較好。一般而言，這種轉折語並非

必要，只是演員常會因欠缺安全感而自行補充。

　　身為創作者的各位不該助長這種習慣。對白都是人工的產物沒錯，但如果能寫得高妙，演員即使不多加這些空泛用語，也可以呈現真實而自然的演出。這樣一來，他們就比較會按腳本走，而不會自行添加對白。

　　「我保證」（I promise）、「相信我」（Trust me），這兩句話太常出現，幾乎已經沒什麼說服力了。如果要讓角色傳達類似訊息，請盡量以其他手法暗示，以避開俗濫用語。真正可靠的角色不會覺得自己必須開口博取他人的信任，所以這種台詞就留給骨子裡其實不值得信賴的角色吧。

　　「你不會有事的」（You're gonna be okay），想像有個開腸剖肚的角色癱倒在地，上腸繫膜動脈鮮血直流，身旁的同伴卻流著淚說「你不會有事的」──這種場景各位應該都看過無數次吧？人在現實生活中面臨悲劇性場面時，或許會不由自主地如此反應，但寫作時請盡量避免這種陳腔濫調。身為創作者，我們必須讓每個片刻都富有戲劇色彩、獨一無二，所以最好能以別出心裁的用語，翻轉「你不會有事」這種善意謊言；但有時候，把事實說出來又有何不可呢？「沒錯，你就要死了，不過死前還有兩分鐘可活。」這樣的台詞效果或許也不錯呀。

　　「很抱歉」（I'm sorry），有些人習慣把這句話當做社交用語，經常掛在嘴上，在他人訴說痛苦的經歷時，用來表示同情或假裝理解，但明明就沒有涉及對方的遭遇，為什麼要覺得抱歉呢？原因在於這句話源自社會制約，和「請」、「謝謝」、「你好」、「祝你今天過得愉快」一樣，都是為了避免說錯話而衍生的機制，雖然用在日常生活中無妨，但一旦放入戲劇性作品，就會顯得太過輕描淡寫，而欠缺深入探究的精神；

而且安排角色說錯話，也往往能替故事增添趣味呀！

在《白宮風雲》中，索金不斷使用「很抱歉」這句話，即使實際的意思是「你說什麼？」也不例外，而且還不只一個角色這樣！這齣劇的許多角色會在沒聽清楚說話內容時，以「很抱歉」來請對方複述，而且一集中經常超過一次。索金是個很棒的編劇，但在這部作品中，他過度使用了自身的慣用語，因而導致角色間的區別不夠明顯。

要表示沒聽清楚，選擇其實很多，譬如「什麼意思？」、「你說什麼？」，或是簡短的一個「啥？」字也行，至於選擇哪種風格的用語，則取決於角色特性。或許有些角色就是遇到任何瑣碎小事都要來句「很抱歉」也說不定，但這種寫法不能一體套用至其他人物，否則大家都會失了個性。

除了上舉的例子外，以下也都是戲劇作品中常見的濫用語：

「我懂。」（I get it.）

「大功告成。」（Done and done.）

「我實在無法相信這種事竟然真的會發生。」（I can't believe this is happening.）

「來吧。」（Let's do this.）、「我無法相信自己竟然在做這種事」（I can't believe I'm doing this.）

「我沒辦法」（I can't do this.）、「我可以的。」（I can do this.）

「我的老天爺啊！」（Omigod!）

不特定的代名詞

如果場景中有三名男子，請不要只說「他」一個字，而不指明究

竟是哪個「他」；三位女性一起出現時也一樣，角色要是只說「把這個禮物給她」，那大家也看不出誰才是收禮對象。在這種情況下，重複角色的名字有助於釐清語意，避免混淆，所以千萬別因害怕重複而避開不用。

標點符號

　　創作者就像工匠一樣，必須熟悉寫作這門技藝所需的工具，如詞彙、拼字、文法、標點、句法，以及押韻、格律、明喻、暗喻、用典、類比、寓言、子音韻、母音韻、押頭韻、擬聲法和反諷等各式各樣的文學機制。

　　要想成為創作者，至少必須懂得使用標點符號。舉例來說，英文中的複數和所有格都是以「s」表示，兩者的差別要分清楚，千萬別找藉口，說什麼曾聽一兩位寫作大師或製作人說只要故事夠精彩，一點小錯不要緊。這種態度多數人都不認同，如果不懂得正確使用標點，就稱不上專業，沒有第二句話好說。

　　就標點符號而言，以下是幾個最常見的可怕錯誤：

　　撇號使用不當：除了複數與所有格外，所有格與縮寫也不能搞混：如果不曉得「its」（所有格，意為「它的」）和「it's」（「it is」的縮寫）差在哪裡，請去查清楚；不知道年代該如何以複數呈現的話（如「1940s」，意為一九四〇年代），也務必研究一下。在現今這個時代，幾乎任何資料都能透過網路查到，所以各位要勤做功課，畢竟誰會想聘用懶惰的創作者呢？

　　誤用同音異義字：如果不會分辨「their」（他們的）、「there」（那裡）

和「they're」(「they are」的縮寫)這種同音異義字,請務必查清楚;唸起來雖然一樣,語意可是大不相同。

直接對談或其他對白缺少逗點:請比較這兩句話:「Let's eat Grandma」(我們來吃外婆吧)和「Let's eat, Grandma」(外婆,我們來吃飯吧)──第一句大概是食人魔的台詞,第二句則因正確加上逗點,而成了與外婆的直接對談。你想說的是哪一種?

是「What is this thing called love?」(愛這東西真有人搞得清楚嗎?),還是「What is this thing called, love?」(親愛的,這東西叫什麼啊?)──第一種是激問句,第二種則是在詢問愛人意見。

又如「Just be Jack don't be stupid」這句欠缺標點的台詞,讀者看了大概都很困惑,閱讀體驗也會因而中斷。這話該解讀成「Just be, Jack. Don't be stupid」(傑克啊,別傻了,你放寬心吧),還是「Just be Jack, don't be stupid」(傑克啊,做好你份內的事,不要犯傻)?誰知道作者想表達的是什麼意思呢?

誤用逗號的創作者很多嗎?多得不得了!在該用句點處錯用逗點的人啊,簡直比在繁忙十字路口忽視停車號誌的駕駛還多,而且這種錯誤有時甚至可能毀了整個故事。以交通指標來打比方的話,逗號就像讓行號誌,角色稍停片刻後還能再接續前句,而句號則代表話已全部說完,接在後頭的是全新段落。

有些作者會濫用逗號,迫使讀者不斷暫停並重新開始,就像開車太常踩煞車一樣,會降低寫作的流暢度,造成顛簸的閱讀體驗。

一般標點:試讀「A woman without her man is nothing」這個句子,各位會如何加上標點?歧視女性的人大概只會在最後加個句號(意為「女人若沒有男人,就什麼都不是」),但換做女性,則可能會寫成「A woman: Without her, man is nothing」（有個女人曾說：「如果沒有她，男人就什麼也不是」）。

請各位務必學習如何正確使用標點符號，先把基礎打好再說。雖然不是所有錯誤都會像上述的例子那樣，導致極端的語意變化，但即使只是細微的差異，也可能使你心裡想的意思無法傳遞，所以一定要使用恰當的標點，才能確保寫出來的成品正確達意。

拼字也不能忽略：如果常拼錯字，那就請個校對員吧，否則讀者也太可憐了！常見的錯包括「then」（那時）拼成「than」（與……相比）、「could've」（could have的縮寫）寫成「could of」、「vile」誤植為「vial」（兩者指的分別是「糟糕透頂」和「小藥水瓶」，意思完全不同）、以及「allowed」（允許）拼為「aloud」（大聲）等等，角色可以不會分，但創作者不能不明察秋毫！

各位一次或許只寫一部作品，而且要花一整個月、甚至一年才能完成，但讀者一個晚上可能就得看兩份劇本，如果文法、標點和拼字等基本功沒做好，很容易導致他們無法專注於故事與角色，因而淘汰你努力的心血結晶，尋覓其他優良作品。

不過即使文法、標點和拼字這些基本要素都處理得當，也不一定能保證故事有趣不無聊；如果對白像湖岸滿是藻類的水面凝滯不前、欠缺活力，那即使文法再標準，讀者仍會如故事〈李伯大夢〉（Rip Van Winkle）中的主角那樣，看得睏意萌生、沉沉睡去。

CASE STUDY ————————————

請重讀在第一章用於實作練習的創作，看看讀完書中探討的原則

後，內容是否有所改善？你有踩到地雷嗎？如果有，該怎麼修改？

從看過的電影或讀過的小說中選出一部，思考自己在讀完這本書後，能舉出多少關於對白的問題？對於這些問題，你又會如何改善？

最後，祝福各位在溫習書中要點，並實際用來撰寫優質對白的過程中，能處處發掘驚奇、時時對這門學問感到敬畏，常有當頭棒喝（不是說真的有人拿棒子打你喔，這成語的意思大家都明白吧）般的發現！

超實用對白寫作攻略：你的角色不能廢話連篇！好萊塢
頂尖編劇顧問的12堂大師寫作課 / 琳達‧席格（Linda
Seger），約翰‧瑞尼（John　Rainey）作；戴榕儀譯.
-- 初版. -- 臺北市：創意市集出版：英屬蓋曼群島商家
庭傳媒股份有限公司城邦分公司發行, 2021.02
　　面；　公分
譯自：You talkin' to me? : how to write great dialogue.
ISBN 978-986-5534-28-8（平裝）

1. 寫作法　2. 劇本　3. 對話

812.3　　　　　　　　　　　　　　　109019576

超實用對白寫作攻略：
你的角色不能廢話連篇！好萊塢頂尖編劇顧問的12堂大師寫作課
You Talkin' to Me? How to Write Great Dialogue

作　　　　者：琳達‧席格、約翰‧瑞尼
譯　　　　者：戴榕儀
責 任 編 輯：張之寧
內 頁 設 計：家思編輯排版工作室
封 面 設 計：任宥騰
行 銷 企 畫：辛政遠、楊惠潔
總　編　輯：姚蜀芸
副 社　　長：黃錫鉉
總 經　　理：吳濱伶
發 行　　人：何飛鵬
出　　　　版：創意市集
發　　　　行：英屬蓋曼群島商家庭傳媒股份有限公司城邦分公司
香港發行所：城邦（香港）出版集團有限公司
　　　　　　香港灣仔駱克道 193 號東超商業中心 1 樓
　　　　　　電話：(852) 25086231
　　　　　　傳真：(852) 25789337
　　　　　　E-mail：hkcite@biznetvigator.com
馬新發行所：城邦（馬新）出版集團
　　　　　　Cite (M) Sdn Bhd
　　　　　　41, Jalan Radin Anum, Bandar Baru Sri Petaling,
　　　　　　57000 Kuala Lumpur, Malaysia.
　　　　　　電話：(603) 90578822
　　　　　　傳真：(603) 90576622
　　　　　　E-mail：cite@cite.com.my
展 售 門 市：台北市民生東路二段 141 號 7 樓
製 版 印 刷：凱林彩印股份有限公司
初 版 2 刷：2024 年 5 月
I 　S 　B 　N：978-986-5534-28-8
定　　　　價：420 元

若書籍外觀有破損、缺頁、裝訂錯誤等不完整現象，想要換書、退書，或您有大量購書的需求
服務，都請與客服中心聯繫。

客戶服務中心
地　　　　址：10483 台北市中山區民生東路二段 141 號 2F
服 務 電 話：（02）2500-7718、（02）2500-7719
服 務 時 間：週一至週五 9：30～18：00
24 小時傳真專線：（02）2500-1990～3
E-mail：service@readingclub.com.tw